C [...] de

# AUSCHWITZ

# Canción de cuna de AUSCHWITZ

Mario Escobar

HarperCollins *Español*

Editora en Jefe: *Graciela Lelli*

Diseño: *Grupo Nivel Uno, Inc.*

ISBN: 978-0-71807-610-8

Impreso en Estados Unidos de América

16 17 18 19 20 DCI 9 8 7 6 5 4 3 2 1

A mi amada mujer Elisabeth, que me acompañó a Auschwitz y se apasionó con esta historia. Quiero pasar el resto de mi vida contigo.

A los más de veinte mil miembros de la etnia gitana que fueron encarcelados y exterminados en Auschwitz y al cuarto de millón asesinado en las cunetas y los bosques del norte de Europa y Rusia.

A la Asociación de la Memoria del Genocidio Gitano, por su lucha a favor de la justicia y verdad.

Lo contrário del amor no es el odio, es la indiferencia. Lo contrario de la belleza no es la fealdad, es la indiferencia. Lo contrario de la fe no es la herejía, es la indiferencia. Y lo contrario de la vida no es la muerte, sino la indiferencia entre la vida y la muerte.

—ELIE WIESEL[1]

Una hora después de dejar Cracovia nuestro convoy se detiene en una gran estación. El letrero anuncia el nombre de la localidad: «Auschwitz». No nos dice nada. Nunca hemos escuchado hablar de este sitio.

—MIKLÓS NYISZLI[2]

Se necesitaba una energía moral extraordinaria para asomarse al borde de la infamia nazi y no caer en el fondo del pozo. Sin embargo, conocía a muchos internos que supieron ser fieles a su dignidad humana hasta el mismo fin. Los nazis lograron degradarlos físicamente, pero no fueron capaces de rebajarlos moralmente.

—OLGA LENGYEL[3]

# CONTENIDO

# PREFACIO

*Canción de cuna de Auschwitz* ha sido la novela que más me ha costado escribir a lo largo de mi carrera profesional. No se ha tratado tanto de problemas formales o de dudas sobre hacia dónde avanzaba la historia; lo que me preocupaba de verdad era no poder contener un alma tan grande como la de Helene Hannemann entre las líneas de este libro.

Los seres humanos somos pequeños suspiros en medio del huracán de nuestras circunstancias, pero la historia de Helene nos recuerda que podemos ser dueños de nuestro destino, aunque el mundo entero se nos oponga. No sé si este libro me ha enseñado a ser mejor persona, pero sí a poner menos excusas ante mis errores y debilidades.

Larry Downs, mi editor y amigo, me comentó al conocer la historia de Helene Hannemann que el mundo necesitaba conocerla, pero eso no depende de nosotros, depende de ti, querido lector, y de tu amor por la verdad y la justicia. Ayúdame a dar a conocer al mundo la historia de Helene Hannemann y sus cinco hijos.

Madrid, 7 de marzo de 2015
(algo más de setenta años después de la liberación de Auschwitz)

# PRÓLOGO

## Buenos Aires, marzo de 1956

Me impresionó el ascenso precipitado del avión. Llevaba algo menos de seis años en Argentina y desde entonces apenas me había alejado algunos kilómetros de la capital. La idea de permanecer tantas horas metido en un espacio tan pequeño me hizo sentir una fuerte opresión en el pecho, pero a medida que el morro del aparato se enderezaba, poco a poco comencé a recuperar la calma.

Cuando la amable azafata rubia se acercó hasta mí y me preguntó si deseaba beber algo, le indiqué que un té sería suficiente. Por un segundo pensé en tomar algo más fuerte, pero desde mi estancia en Auschwitz había aborrecido las bebidas alcohólicas. Constituía un espectáculo lamentable ver a mis compañeros y colegas ebrios todo el día, sin que al comandante Rudolf Höss pareciera importarle. Era cierto que en los últimos meses de la guerra muchos hombres se sentían desesperados, algunos habían perdido a su esposa e hijos en los duros y criminales bombardeos de los aliados, pero un soldado alemán, y más un miembro de las SS, debía mantener el aplomo fuera cual fueran las circunstancias.

La azafata dejó el té muy caliente sobre la mesa auxiliar y le devolví la sonrisa. Sus rasgos eran perfectos. Sus labios gruesos, pero no demasiado, sus ojos de un azul intenso y brillante, con pómulos pequeños y rosados configuraban un rostro ario perfecto. Después giré la vista hacia mi viejo maletín de cuero negro. Reservaba un par de libros de biología y genética para hacer más ameno el viaje, pero en el último momento, sin saber aún por qué, había guardado también unos viejos cuadernos infantiles pertenecientes a la *Kindergarten* del *Zigeunerlager* en Birkenau. Años antes los había traspapelado con mis informes de estudios genéticos realizados en Auschwitz, pero durante todo ese tiempo nunca me había decidido a leerlos. Aquellos cuadernos eran el diario de una alemana que conocí en Auschwitz llamada *Frau* Hannemann. Ahora, Helene Hannemann, su familia y la guerra se encontraban en un pasado muy lejano que prefería olvidar, cuando aún era un joven oficial de las SS y todos me conocían como *Herr Doktor* Mengele.

Alargué el brazo y tomé el primer cuaderno. La portada estaba totalmente descolorida, tenía manchas de humedad en las esquinas y el papel había adoptado el tono amarillento de las historias viejas que ya no importan a nadie. Abrí lentamente la portada mientras tomaba el primer sorbo de té negro; después, las letras alargadas de Helene Hannemann, la encargada de la guardería de Auschwitz, me hicieron retrotraerme a Birkenau y la sección BIIe donde se encontraban encerrados los romaníes del campo. Barro, alambradas electrificadas y el olor dulzón de la muerte, eso era Auschwitz para todos nosotros, y aún sigue siéndolo en el recuerdo.

# I

Berlín, mayo de 1943

Todavía la oscuridad invadía las calles cuando salí medio adormecida de la cama. A pesar de que los días comenzaban a ser cálidos, sentí cómo el frescor de la madrugada me erizaba el vello. Me puse el ligero batín de raso y, sin despertar a Johann, me dirigí directamente al baño. Afortunadamente nuestro apartamento aún tenía agua caliente y pude darme una breve ducha antes de despertar a los niños. Todos, a excepción de la pequeña Adalia, iban al colegio aquella mañana. Limpié con la mano el vaho que había empañado el espejo y durante unos segundos contemplé mis ojos azules, que empezaban a empequeñecerse por las arrugas de la edad. Estaba ojerosa, aunque aquello no era nada extraño en una madre con cinco hijos menores de doce años y que trabajaba turnos dobles como enfermera para sacar a la familia adelante. Me sequé con la toalla el pelo hasta que recuperó su tono rubio pajizo y por unos segundos observé las canas que comenzaban a hacer palidecer mi flequillo lacio. Durante un rato me dediqué a ondularme el cabello, aunque unos minutos después desistí. La voz de los gemelos Emily y Ernest reclamando mi presencia hizo que me vistiera a toda prisa y, con los pies aún descalzos, corrí hasta la otra habitación.

Los gemelos estaban sentados en la cama hablando entre ellos cuando entré en el cuarto. El resto de sus hermanos continuaban tumbados, intentando alargar unos segundos más su sueño. Adalia seguía durmiendo con nosotros, aquella cama era demasiado pequeña para que los cinco niños se acostasen juntos.

—No hagáis tanto ruido, vuestros hermanos duermen. Tengo que preparar el desayuno —advertí a los gemelos, que me miraron con su rostro sonriente, como si el simple hecho de verme fuera suficiente para alegrarles el día.

Tomé la ropa de la silla y la dejé sobre la cama. Los gemelos ya tenían seis años y no necesitaban mi ayuda para vestirse. Cuando una familia la componen siete miembros tienes que organizar estrategias para que las tareas más sencillas se realicen de la manera más rápida posible.

Entré en la pequeña cocina y puse a hervir un poco de café. A los pocos minutos la estancia se llenó del amargo olor a café barato. Aquel sucedáneo tintado de negro era la única manera de que la leche aguada disimulara un poco su insipidez, aunque los mayores sabían perfectamente que aquello no era leche de verdad. Cuando teníamos suerte podíamos conseguir algunas latas de leche en polvo, pero, desde que había comenzado el año y las cosas estaban peor en el frente, los alimentos comenzaban a racionarse aún más.

Los niños acudieron a la cocina correteando y empujándose por el pasillo. Sabían que el poco pan con mantequilla y azúcar que les servía cada mañana no duraría mucho tiempo sobre la mesa.

—No hagáis tanto ruido. Vuestro padre y Adalia siguen en la cama —les advertí mientras se sentaban en las sillas. A pesar de estar hambrientos, no tomaron los panes hasta que repartí las tazas e hicimos una breve oración de acción de gracias por los alimentos.

Uno segundos más tarde, el pan había desaparecido y los niños apuraban sus tazas antes de dirigirse al baño a limpiarse los dientes. Aproveché el momento para ir a la habitación, ponerme los zapatos, tomar mi abrigo y colocarme el sombrero de enfermera. Sabía que Johann estaba despierto, pero se hacía el remolón hasta que oía cerrarse la puerta. Se sentía avergonzado de que su esposa fuera la que trajese el salario a casa, pero las cosas habían cambiado mucho en Alemania desde el comienzo de la guerra.

Johann era un virtuoso del violín. Durante años había pertenecido a la filarmónica de Berlín, pero desde 1936 las restricciones para todos los que no encajaban en las leyes raciales del partido nazi se habían endurecido. Mi marido era romaní, aunque la mayoría de los alemanes preferían las palabras zíngaro o gitano para denominar a la gente de su raza. Entre abril y mayo de 1940, prácticamente la totalidad de la familia de mi esposo había sido deportada para Polonia y llevábamos casi tres años sin saber nada de ellos. Afortunadamente, para los nazis yo sí era de raza pura y gracias a eso no habían vuelto a molestarnos desde entonces. A pesar de todo, cada vez que alguien llamaba a nuestra puerta o sonaba el teléfono por la noche, no podía evitar que me diese un vuelco el corazón.

Cuando llegué a la puerta los cuatro niños mayores esperaban con sus abrigos puestos, las gorras escolares y las carteras de cuero marrón a los pies. Los revisé rápidamente, les coloqué las bufandas y pasé unos segundos besándoles en las mejillas. Blaz, el mayor, a veces se resistía a mis efusivas expresiones de cariño, pero los gemelos y Otis disfrutaban aquellos segundos antes de salir al descansillo y caminar hasta el colegio.

—Venga, no quiero que lleguéis tarde. Únicamente me quedan veinte minutos para comenzar mi turno —les dije mientras abría la puerta.

Apenas habíamos salido al rellano y encendido la luz, cuando escuchamos el sonido seco de unas botas que ascendían ruidosamente por las escaleras de madera. Sentí cómo un escalofrío me recorría la espalda, tragué saliva, pero intenté sonreír a mis hijos, que se volvieron hacia mí, como si por un segundo percibieran mi inquietud. Les hice un gesto con la mano para que se tranquilizasen y comenzamos a descender por los escalones. Los niños no se atrevieron a separarse de mí. Normalmente tenía que insistirles para que no corriesen escalera abajo, pero los pasos acercándose les hicieron ponerse detrás de mí, como si mi ligero abrigo de color verde pudiera concederles algún tipo de invisibilidad o protección especial.

Cuando llegamos al segundo rellano las botas retumbaban por todo el hueco de la escalera. Blaz se asomó por la barandilla y un segundo más tarde se giró y me lanzó una mirada que únicamente los hermanos mayores saben reproducir para que los más pequeños no se asusten.

El corazón comenzó a latirme a toda velocidad, sentía que me faltaba el aire, pero continué bajando las escaleras con la esperanza de que una vez más la desgracia pasara de largo por mi vida, pero no sabía que aquella vez yo era la destinada a sufrir.

Los policías se encontraron con nosotros justo a mitad del segundo tramo de escaleras que nos acercaba a la primera planta. Los jóvenes agentes vestidos con sus trajes verde oscuro, con los cintos de cuero y sus botones dorados se pararon enfrente de nosotros. Mis hijos admiraron por unos segundos sus cascos puntiagudos con el águila dorada, pero enseguida bajaron la mirada, llevando sus ojos a la altura de las lustrosas botas. Un sargento se adelantó unos pasos, jadeante, nos miró por unos segundos y comenzó a hablar, dejando que su bigote largo de estilo prusiano comenzara a agitarse tras sus palabras corteses pero amenazantes.

—*Frau* Hannemann, me temo que tiene que acompañarnos de nuevo a su apartamento.

Le miré directamente a los ojos antes de contestar. La fría respuesta de sus pupilas verdes me hizo temblar de miedo, pero intenté sostener mi gesto sosegado y sonreír.

—Sargento, no entiendo lo que sucede. Tengo que llevar a mis hijos al colegio e ir a trabajar. ¿Ha pasado algo malo?

—*Frau* Hannemann, prefiero que hablemos en su apartamento —dijo el sargento agarrándome el brazo con fuerza.

Aquel gesto asustó a mis hijos, a pesar de que el policía intentó hacerlo con cierto disimulo. Durante años habíamos visto la violencia y agresividad de los nazis, pero era la primera vez que me sentía realmente amenazada. En aquel tiempo había vivido con la esperanza de que no se fijaran en nosotros, pasar desapercibidos era la mejor manera de sobrevivir en la nueva Alemania.

La puerta de mi vecina Wegener se entornó y observé su rostro pálido surcado por profundas arrugas. Me miró algo angustiada y después abrió la puerta de par en par.

—*Herr polizei*, mi vecina *Frau* Hannemann es una buena madre y esposa. Ella y su familia son un ejemplo de educación y bondad, espero que no les haya difamado alguna persona mal intencionada —comentó *Frau* Wegener.

Aquel acto de valentía hizo que mis ojos se volvieran a humedecer. Nadie se arriesgaba a exponerse públicamente frente a las autoridades en plena guerra. Miré por unos instantes las pupilas, empañadas por las cataratas, de mi vecina y apreté su hombro con mi mano.

—Cumplimos órdenes. Simplemente queremos hablar con sus vecinos. Por favor, entre en su casa y permita que hagamos nuestro trabajo en paz —dijo el sargento mientras agarraba la puerta y tiraba con fuerza del pomo hasta cerrarla con un portazo.

Los niños dieron un respingo y Emily comenzó a llorar. Aproveché para cogerla en brazos y apretarla contra mi pecho. Por mi mente las únicas palabras que lograban atravesar la sensación de angustia eran: «No voy a permitir que nadie os haga daño».

Unos segundos más tarde estábamos frente a la entrada de nuestro apartamento. Intenté buscar la llave en mi bolso repleto de galletas, pañuelos, una pequeña botella de agua, documentos y cosméticos, pero uno de los policías me apartó con brusquedad y golpeó con el puño cerrado la puerta.

El sonido retumbó por toda la escalera. Todavía era muy temprano y el silencio no había abandonado por completo la ciudad, la gente comenzaba con sus rituales diurnos, intentando esconderse en una normalidad que había dejado de existir mucho tiempo atrás.

Escuchamos unos pasos apresurados y luego la puerta se abrió, iluminando en parte el descansillo. Johann parecía algo aturdido con su pelo rizado y negro cubriéndole en parte los ojos marrones. Miró primero a los policías, después a nosotros, que de alguna manera le pedíamos con la mirada que nos protegiera, pero se limitó a abrir por completo la hoja de madera y dejarnos pasar.

—¿Es usted Johann Hanstein? —preguntó el sargento.

—Sí, *Herr polizei* —contestó mi esposo con la voz temblorosa.

—Por orden del *Reichsführer SS* Heinrich Himmler, todos los sinti y romá, o romaníes, del Reich tienen que ser internados en campos especiales —recitó el sargento, que seguramente en los últimos días había repetido esa misma frase decenas de veces.

—Pero... —intentó contestar mi esposo. Sus ojos grandes y negros parecían devorar aquel momento eterno, hasta que el policía hizo una señal y sus compañeros rodearon a mi marido y le agarraron por los brazos.

—No, por favor. Los niños están nerviosos —dije mientras posaba mi mano sobre el hombro del sargento.

Por unos segundos sentí el peso en la mirada de aquel hombre. Las ideas nunca ahogan por completo los sentimientos y las emociones. Le hablaba una mujer alemana que podía ser su hermana o su hija, no una peligrosa delincuente que intentara engañarle.

—Permita que mi esposo se vista, me llevaré a mis hijos a otra habitación —le pedí con un tono de voz suave, intentando atenuar la violenta situación.

—Los niños también vienen con nosotros —contestó el sargento, mientras con un gesto pedía a sus hombres que soltasen a mi esposo.

Aquellas palabras me atravesaron las entrañas como un cuchillo. Sentí deseos de vomitar, me doblé hacia delante e intenté pensar que había escuchado mal. ¿Dónde querían llevarse a mi familia?

—Los niños también son romaníes. La orden también les incluye a ellos. No se preocupe, usted se puede quedar —dijo el sargento intentando explicarme de nuevo la situación. Seguramente mi rostro reflejaba por primera vez la desesperación que llevaba un buen rato sintiendo.

—Su madre es alemana —intenté argumentar.

—Me temo que eso no importa en este momento. Falta un niño, en mis documentos pone que son cinco hijos y el padre —respondió el sargento muy serio.

No reaccioné. Me sentía paralizada por el temor, pero intenté tragarme las lágrimas. Mis hijos no dejaban de mirarme, debía ser fuerte.

—Los prepararé en un momento. Nos iremos todos con usted. La pequeña está aún en la cama —me sorprendió escucharme, como si realmente no hablara yo, parecía que las palabras salían de otros labios.

—Usted no viene, *Frau* Hannemann, únicamente las personas de raza zíngara, los gitanos —dijo secamente el sargento.

—*Herr polizei*, yo iré a donde vaya mi familia. Ahora permítame que prepare las maletas y que vista a la pequeña.

El policía frunció el ceño, pero con un gesto de la mano me permitió salir del cuarto con los niños. Nos dirigimos a la habitación principal y, subiéndome a una silla, tomé dos grandes maletas de cartón que teníamos sobre el armario. Las puse encima de la cama y comencé a colocar la ropa en el interior. Mis hijos me rodeaban en silencio. No lloraban, aunque sus rostros inquietos no podían disimular la preocupación.

—¿Dónde vamos, mamá? —preguntó Blaz, el mayor.

—Nos llevarán a un campamento como esos de verano a los que te apuntaba de pequeño. ¿Te acuerdas? —comenté intentando forzar una sonrisa.

—¿Nos marchamos a un campamento? —preguntó algo más animado Otis, el segundo.

—Sí, cariño. Pasaremos una temporada allí. ¿Os acordáis que os comenté que a vuestros primos hace unos años se los llevaron también? A lo mejor hasta podéis verlos —dije con un tono de voz más animado.

Los gemelos empezaron a emocionarse, como si mis palabras les hubieran hecho olvidar por unos instantes todo lo que habían visto.

—¿Podemos llevar la pelota? También los patines y algunos juguetes —preguntó Ernest, que siempre parecía dispuesto a organizar un buen plan de juegos.

—Únicamente llevaremos lo imprescindible, seguro que donde vamos hay muchas cosas para los niños —les mentí, aunque en cierto sentido quería creerme que todo aquello podía ser cierto.

Era consciente de que los nazis se habían llevado a los judíos de sus casas, también a los disidentes políticos y a los traidores. Se escuchaban rumores de que todos los «enemigos» del Reich estaban internados en campos de concentración, pero nosotros no éramos un peligro para los nazis. Seguramente nos dejarían encerrados en algún campamento improvisado hasta que terminase la guerra.

Adalia se despertó en ese momento y al ver el barullo sobre la cama se asustó. La tomé en brazos. A sus tres años era una niña delgada, de suaves facciones y de piel muy blanca. Muy diferente a sus hermanos mayores, que se parecían más a su padre.

—Tranquila. No pasa nada. Nos vamos todos de viaje —le dije mientras la apretaba contra mi pecho.

En ese momento sentí un nudo en la garganta. La inquietud me invadió de nuevo. Pensé que debía telefonear a mis padres, que al menos ellos supieran a dónde me llevaban, pero dudaba que los policías me dejaran hacer una llamada.

Tras vestir a Adalia terminé de organizar las maletas y después me dirigí a la cocina. Tomé algunas latas, la poca leche que nos quedaba, pan, algo de embutido y galletas. Desconocía lo largo que podía ser el viaje, pero era mejor estar prevenidos.

Al regresar al pequeño salón vimos que mi esposo todavía estaba en pijama. Dejé las dos pesadas maletas y regresé a la habitación para buscar su ropa. Tomé su mejor traje, una corbata morada, el sombrero y el abrigo. Mientras él se cambiaba delante de los policías, yo regresé a la habitación y me quité el traje de enfermera. Los niños me esperaron pegados a la puerta del baño, como si intentaran confundirse con mi alma. Elegí un traje de chaqueta marrón y una blusa azul. Cuando salí de nuevo, los cinco me miraron impacientes. Nos dirigimos de nuevo al salón y observé por unos segundos a Johann. Vestido tan elegante parecía un príncipe gitano. Se colocó el sombrero cuando entré y los tres policías se giraron.

—No hace falta que usted venga, *Frau* Hannemann —volvió a insistir el sargento.

—¿Usted cree que una madre se separaría de sus hijos en una situación como esta? —le pregunté mirándole directamente a los ojos.

—Se sorprendería si le contase las cosas que he tenido que ver en estos años. Será mejor que nos acompañen, tenemos que llevarles a la estación de tren antes de las diez de la mañana —contestó el policía.

Aquel simple comentario me hizo pensar en que el viaje sería más largo de lo que en principio había imaginado. La familia de mi esposo había sido deportada al norte, pero por alguna razón creía que nos llevaban a un campo de internamiento para *zíngaros* que habían construido cerca de Berlín.

Nos dirigimos por el pasillo hacia la entrada. Mi esposo iba el primero con las maletas, con los dos policías más jóvenes justo a su espalda. Después mis dos hijos mayores, los gemelos aferrados a mi abrigo y la pequeña en brazos. Cuando llegamos a la puerta y salimos al rellano, me giré por última vez para mirar mi casa. Aquella mañana me había despertado con la certeza de que sería un día más. Blaz estaba algo nervioso por un examen que tenía antes del recreo; Otis se había levantado con un fuerte dolor de oídos, uno de los síntomas de que estaba a punto de ponerse enfermo; los gemelos gozaban de buena salud, pero aún les costaba levantarse pronto e ir a la escuela; Adalia era un angelito que siempre se portaba bien e intentaba unirse a sus hermanos en los juegos infantiles. Nada hacía presagiar que todo eso tendría muy poca importancia unas horas más tarde.

El pasillo no estaba muy iluminado, pero al fondo se percibía el salón que comenzaba a recibir los primeros rayos de sol. Por unos instantes pensé que aquel era mi hogar, pero enseguida me di cuenta de que estaba profundamente equivocada, mi hogar era mis cinco hijos y Johann. Cerré la puerta y comencé a descender las escaleras tarareando una canción infantil que siempre me pedían mis hijos cuando estaban nerviosos o no podían dormir. Aquellas palabras inundaron el hueco de la escalera y tranquilizaron las almas inquietas de los niños, mientras nos dirigimos a lo desconocido.

*Guten Abend, gute Nacht,*
*mit Rosen bedacht,*
*mit Näglein besteckt,*
*schlupf unter die Deck:*
*Morgen früh, wenn Gott will,*
*wirst du wieder geweckt,*
*morgen früh, wenn Gott will,*
*wirst du wieder geweckt.*
*Guten Abend, gute Nacht,*
*von Englein bewacht,*
*die zeigen im Traum*
*dir Christkindleins Baum:*
*Schlaf nur selig und süß,*
*schau im Traum's Paradies,*
*schlaf nur selig und süß,*
*schau im Traum's Paradies.\**

* Buenas noches, buenas noches, de rosas cubierto y claveles en derredor, con tu manta tápate. Mañana temprano, si Dios quiere, volverás a despertar. Mañana temprano, si Dios quiere, volverás a despertar. Buenas noches, buenas noches, te guardan los ángeles que te muestran en el sueño el árbol del Niño Jesús. Duerme, feliz y tranquilo, mirando en los sueños del Paraíso. Duerme, feliz y tranquilo, mirando en los sueños del Paraíso.

# 2

Camino de Auschwitz, mayo de 1943

Todo sucedió muy rápido. En la zona de carga y descarga de la estación había cientos de personas pegadas al andén. Al principio nos sentimos algo aturdidos. Los policías nos habían dejado frente a unos soldados de las SS y estos, a empujones, nos llevaron hasta el interior de la estación. Me extrañó ver un tren de ganado de color marrón oscuro con las puertas abiertas, pero no tardé en comprender lo que aquella gente pretendía. Continuaba con Adalia en los brazos, pero ahora agarraba con la otra mano las manitas frías y sudorosas de los dos gemelos. Los mayores estaban agarrados a las maletas que mi marido sujetaba con fuerza. Los soldados comenzaron a empujarnos y el andén se fue vaciando a medida que, con dificultad, la gente subía a los vagones. Johann dejó las maletas a un lado y ayudó a Blaz y Otis a subir. Después levantó a los gemelos y los dejó dentro del vagón. En ese momento, la presión de la gente comenzó a arrastrarme hacia delante. Johann había subido dentro del vagón para que le pasase a la niña, pero apenas podía mantenerme frente a la puerta. Mi esposo tomó a Adalia, pero yo estaba cada vez más lejos de ellos. Angustiada, me abrí paso a empujones. Mujeres, hombres y niños como una marea humana aterrorizada me arrastraban hacia los otros vagones, pero no podía dejar sola a mi familia. Me aferré con todas mis fuerzas a una barra del vagón y pegué un salto, me quedé suspendida por unos segundos por encima de las cabezas de la multitud, pero enseguida noté un fuerte golpe en el costado. Me giré y vi a un soldado de las SS con una porra que intentaba bajarme de aquel lugar. Mi esposo observó la escena, se agarró a las maderas del vagón y se acercó hasta donde estaba alargando el brazo. Le miré por unos instantes, noté un segundo golpe que casi me hizo caerme entre la multitud, pero logré agarrar la mano de Johann y él logró introducirme en el vagón.

El olor nauseabundo casi me hizo vomitar, pero me repuse y, con la ayuda de mi esposo, logramos hacernos un hueco para que los niños se pudieran sentar sobre la paja con un pestilente hedor a humedad y orín. Johann y yo tuvimos que quedarnos en pie, con noventa y seis personas en el vagón era imposible que todos pudiésemos estar sentados.

El tren comenzó a moverse lentamente y estuvimos a punto de perder el equilibrio, pero los cuerpos hacinados nos impedían caer al suelo. Aquel infierno no acababa sino de empezar.

Todos los miembros del vagón eran zíngaros como mi esposo. Al principio, la gente intentó tomarse las cosas con calma, pero a medida que pasaban las horas saltaron las discusiones y los enfrentamientos. La sed comenzó a ser un problema a partir de las cuatro o cinco horas de viaje. Los bebés gritaban desesperados, los niños tenían hambre y los ancianos comenzaban a caer desmayados por el agotamiento y la incómoda postura. El vagón no dejaba de traquetear y saltar. Sentíamos mucho frío a pesar de encontrarnos a primeros de mayo; los atardeceres eran gélidos en Alemania y nos dirigíamos más hacia el norte.

Cuando llegó la noche, la algarabía se había apoderado del vagón, hasta que uno de los ancianos gitanos se puso a gritar en su idioma ancestral. El anciano logró que los ánimos se calmaran un poco. Mi esposo ayudó con un par de hombres a organizar el vagón e improvisar una especie de retrete al fondo, con un cubo y una manta que colgaba desde el techo, para tener al menos un poco de intimidad.

Aproveché para dar a mis hijos un poco de comida y bebieron unos tragos de leche por turnos. Los dos más grandes se tumbaron sobre la paja y los tres más pequeños se acurrucaron en los huecos de sus pies y la niña entre ellos.

No había luz, pero no hacía falta para imaginar los rostros preocupados y las expresiones de extrema tristeza de todos los viajeros. Las condiciones en las que nos transportaban no permitían que nos hiciésemos muchas ilusiones de cómo sería el lugar al que nos dirigíamos. Cuando regresó Johann no pude resistir más y me eché a llorar. Intenté ahogar mis lamentos en su chaqueta, para que los niños no se despertasen. Pero aquello no me consolaba y aún mientras iba desahogando mis sollozos me sentía más y más desesperada.

—No llores, cariño. Seguro que las cosas mejoran cuando lleguemos al campamento. En el año treinta y seis muchos gitanos fueron internados para que se celebraran los Juegos Olímpicos y a los pocos meses les dejaron regresar a sus casas —dijo Johann con un tono suave. Era la primera vez que hablábamos desde aquella mañana. Por alguna razón, el timbre de su voz me relajó, como si pensara que a su lado nada malo podía ocurrirme.

—Te quiero —dije mientras le abrazaba. Cuántas veces le había expresado mis sentimientos desde que nos conocíamos, pero poder amar en un lugar como aquel, rodeado de un ejército de desesperados, me pareció la confirmación de todo aquel tiempo de amor ininterrumpido.

—Los romá hemos sido perseguidos durante cientos de años y siempre hemos sobrevivido, también lograremos salir de esta —dijo Johann acariciándome la cara.

Llevábamos más de veinte años juntos. Nos habíamos conocido siendo adolescentes cuando su familia llegó a Freital, el pequeño pueblo cerca de Dresde en donde yo había nacido. Mis padres participaban activamente en la obra social de la iglesia y ayudaban a los niños de los gitanos a integrarse en la comunidad. En cuanto vieron a Johann supieron que era un chico especial. Mis padres tuvieron que superar los prejuicios que siempre ha habido hacia los gitanos. La mayoría de mis vecinos pensaban que no podías fiarte de ellos. En cualquier momento podían engañarte o intentar robarte. Mi padre se hizo enseguida amigo del padre de Johann. Su familia se había dedicado a comprar y vender caballos, pero también comerciaban con todo tipo de cosas. Muchas veces, el padre de Johann venía a casa con él, para enseñarnos sus últimos productos: una mantelería de hilo cosida en Portugal, algunas sábanas o toallas... Mi madre supervisaba las telas con desconfianza, pero casi siempre daba su aprobación. Los dos hombres regateaban unos momentos y después sellaban el acuerdo con un apretón de manos. Mientras tanto, yo tenía la mirada fija en el chico. Su rostro de marcados pómulos y barbilla cuadrada me parecía el de un príncipe de Persia. Aunque rara vez hablábamos. En ocasiones nos dejaban jugar a la pelota en el patio, pero nos limitábamos a mirarnos y pasarnos el balón. Mis padres se encapricharon con el chico y lograron que estudiara en la escuela elemental y que hiciera el bachillerato; después pagaron de su bolsillo su carrera en el conservatorio.

Una mañana, el padre de Johann trajo a casa un viejo reloj de bolsillo y le aseguró al mío que era de cuarzo, con incrustaciones de oro. Tras regatear durante un rato, mi padre compró el reloj, pero dos semanas más tarde estaba parado y el oro se había convertido en simple latón. Los dos hombres estuvieron un tiempo sin hablarse, pero mis padres continuaron apoyando a Johann. Poco a poco, mientras caminábamos juntos al conservatorio, comencé a sentir algo por él, pero Johann no me propuso matrimonio hasta que terminó la carrera. Mi marido no tardó en convertirse en uno de los mejores violinistas del país.

Cuando les conté a mis padres que estaba profundamente enamorada de Johann me aconsejaron que lo pensara bien antes de dar algún paso en falso. Las nuestras eran dos culturas profundamente distintas, pero al final el amor triunfó sobre todos los contratiempos y prejuicios del mundo que nos rodeaba. Naturalmente habíamos sufrido muchas dificultades después de casarnos. Las leyes de los gitanos eran muy estrictas. No les gustaba mezclar su sangre con la de los no gitanos, aunque eran algo más transigentes en el caso de los hombres. Johann tuvo que prometer a mis padres que no sería un romaní itinerante y, cuando su familia se marchó de nuestra ciudad, se quedó a vivir en nuestra casa. Recuerdo los días previos a la boda. Toda la ciudad parecía expectante. Uno de los pastores de la iglesia vino a hablar con nosotros para que desistiéramos de lo que él consideraba una unión «contra natura», pero a pesar de todo éramos muy felices y continuamos con la boda. La mañana que fuimos al registro para pedir los papeles y solicitar la ceremonia civil, los funcionarios nos negaron los certificados y únicamente la intervención del juez, un anciano de dulce rostro, logró que cumplieran con la ley. Ahora, todos aquellos recuerdos y sufrimientos parecían lejanos, casi insignificantes ante el profundo e inquietante abismo al que nos aproximábamos.

A la mañana siguiente nos detuvimos un par de horas en Pruszców. Aquello nos confirmó que nos encontrábamos en Polonia. La sed comenzaba a desesperarnos, el olor a vómito, orines y heces lo invadía todo, convirtiendo el aire en algo casi irrespirable. Entonces un rumor corrió por todo el vagón, un soldado de las SS estaba asomado por el único ventanuco que había en el coche. La gente le suplicaba por agua y un poco de comida.

—¡Denme todo lo que tengan de valor! —gritó con una *luger* en la mano.

Mi esposo ayudó a los viajeros recaudando relojes de pulsera, anillos y otras joyas para que aquel tipo nos diera un poco de agua fresca. Un cubo de agua para casi cien personas era muy poca cantidad. Apenas suponía un pequeño sorbo para cada uno de nosotros. La gente gemía desesperada por el agua, perdiendo los últimos modales que aún habían tratado de mantener. Cuando llegó nuestro turno, primero bebió Adalia, apenas unos sorbos, después los gemelos y por último Otis. El mayor me observó con sus labios resecos por la sed. Después me pasó el cubo sin probar el agua. Blaz comprendía que había enfermos y bebés que lo necesitaban más que él. Aquello casi hizo que se me saltasen las lágrimas. Me sentía muy orgullosa de su valor: era capaz de soportar su sed para que los demás pudieran saciar la suya.

Por la tarde del segundo día varios niños tenían fiebre alta y algunos de los ancianos parecían realmente enfermos. Llevábamos prácticamente un día y medio sin casi beber agua y sin comer, además apenas habíamos dormido.

La segunda noche fue aún más terrible que la primera. Un anciano llamado Roth sufrió un ataque al corazón y se derrumbó justo a nuestro lado. No pudimos hacer nada para reanimarle, los niños comenzaron a asustarse, pero al final logramos que se quedaran de nuevo dormidos.

—¿Cuántos días más estaremos aquí? —pregunté a mi marido mientras apoyaba mi cabeza en su hombro.

—No creo que sea mucho. El campamento debe de estar en Polonia, imagino que, tal y como va la guerra, aún tendrán abiertos campamentos para prisioneros en Rusia —dijo Johann.

Esperaba que mi esposo estuviera en lo cierto. Como enfermera, sabía que los niños sin comida ni bebida comenzaban a morir a los dos o tres días, seguidos por los ancianos y los más débiles. Únicamente teníamos un día más para resistir en aquellas condiciones.

Aquella terrible situación me hizo recordar nuestro primer hogar. Nos trasladamos con unos tíos de Johann que tenían una casa baja a las afueras de la ciudad. Durante la noche nos dejaban ocupar un cuarto pequeño y húmedo, pero el simple hecho de estar juntos nos hacía tan felices que muchas noches nos las pasábamos riéndonos bajo las sábanas para no molestar a los ancianos. Un día que me encontraba sola en casa, la tía de Johann comenzó a decirme que me creía una señorita y que no hacía nada en la casa. Después de gritarme e insultarme me echó a la calle. Fuera estaba cayendo una gran nevada. Esperé a mi esposo sentada sobre las maletas, tiritando de frío y con la ropa calada.

Cuando Johann me vio, me abrazó e intentó calentarme un poco. Dormimos aquella noche en una pensión, pero al día siguiente buscamos una pequeña casa con cocina y un minúsculo aseo. Dos semanas más tarde, Johann consiguió un puesto en el conservatorio y las cosas comenzaron a marchar mucho mejor. Ya no teníamos que cenar latas de conserva y luchar para que los pocos marcos que teníamos llegaran hasta finales de mes.

El tercer día de viaje amaneció especialmente frío. Nos detuvimos una vez más y el mismo soldado del día anterior nos ofreció un poco de agua a cambio de más joyas y otros objetos de valor.

Aquel poco de agua nos calmó un poco, pero enseguida la sed comenzó a azotarnos de nuevo. Cinco personas fallecieron a lo largo de la jornada, aunque la situación más desgarradora fue la muerte de un bebé en brazos de una joven madre gitana llamada Alice. Sus familiares le pidieron que lo dejara en el lado en el que habíamos amontonado al resto de los cadáveres, pero ella se aferró con fuerza al cuerpo inerte de su hijo. Imaginé que en pocas horas yo misma estaría en su situación. Sentí cómo se me desgarraba el corazón al pensar en todo aquello. Recordé todas las noches en vela, los días felices que había pasado junto a mis hijos. No entendía nada. Mis niños eran completamente inocentes, su único delito consistía en tener un padre gitano. Aquella guerra estaba volviendo loco a todo el mundo.

La noche volvió a envolverlo todo. A mi lado, los niños parecían totalmente inertes, los pobres apenas tenían fuerzas. El agotamiento, la sed y el hambre habían apagado casi por completo sus vidas, como velas a punto de extinguirse. Johann sostenía en brazos a Adalia, que pálida y con la piel seca por la deshidratación únicamente quería dormir.

Me aproximé a los listones de madera de la pared e intenté mirar por una de las rendijas. Pude contemplar una gran estación con una especie de torre central. El tren se detuvo unos minutos y la gente comenzó a moverse. Nos pusimos de nuevo en marcha y entramos por una especie de pequeño arco. Al otro lado, una larguísima alambrada con púas, sujeta por decenas de postes de hormigón, bordeaba las vías. Unos potentes reflectores alumbraban el campamento por completo. Aquel lugar nos parecía inmenso y desapacible, pero al menos era un lugar en el que vivir y en el que poder escapar de aquel tren infernal.

La gente se inquietó al ver que estábamos detenidos, pero durante casi cuatro horas nadie se acercó hasta nuestro tren y, llevados por el agotamiento, todos fueron acurrucándose unos encima de otros, intentando estar lo más apartados posible de los cadáveres y dormir un poco. La madre del bebé muerto era la única que permanecía entre ellos, como si ya hubiera tomado la decisión de dejarse llevar por las sombras.

Mientras mi familia dormía intranquila, casi en las fronteras de la agonía, comencé a llorar en silencio. Me sentía culpable por no haber previsto que la locura de los nazis terminaría por alcanzarnos, debíamos haber huido a España o América, para alejarnos lo más posible de la terrible locura que se había apoderado de nuestro país y de casi toda Europa. Siempre quise creer que al final la gente se daría cuenta de lo que representaban Hitler y sus secuaces, pero no fue así. Todos los siguieron en su locura fanática y convirtieron el mundo en un infierno de guerra y hambre.

Cuando el día decidió asomar por el horizonte escuchamos unos ladridos y pasos sobre la gravilla que rodeaba a las vías. Medio centenar de soldados, un oficial de las SS y un intérprete que repetía sus órdenes en varios idiomas despertaron a todo el tren.

La gente se encontraba deseosa de abandonar nuestro particular infierno, sin ser aún conscientes de que entraban en otro aún peor.

—Quietos —dije a los niños. Ellos me miraron tranquilos. Estaban muy cansados, aunque sentían curiosidad por lo que les esperaba fuera.

Después de que el vagón se vaciara, mi esposo tomó las maletas y antes de descender miramos a ambos lados. Una gran multitud bajaba rápidamente de los trenes. Abajo, los soldados de las SS y unos prisioneros vestidos con uniformes a rayas les pedían cordialmente que se colocasen en filas separadas.

—¡Bajen, rápido! —nos gritó uno de los soldados.

Mi marido pegó un salto y después nos ayudó a descender a todos. Sentía las piernas débiles y una sensación desagradable en los huesos, como si el frío de aquel lugar penetrase hasta lo más profundo de mi ser. Los soldados de las SS tenían perros y llevaban porras en las manos, pero ninguno parecía con intención de usarlas. A unos metros se veían torres de vigilancia, y al fondo unas grandes chimeneas, pero el gentío apenas nos permitía contemplar lo que se encontraba más cerca.

Nos dividieron en dos grandes grupos. Pusieron a las mujeres y los niños a un lado y colocaron al otro a todos los hombres. Al principio intenté resistirme a la separación de Johann, me aferré a su mano hasta que uno de los prisioneros se acercó y con voz suave me dijo:

—Lo verá más tarde. No se preocupe, señora.

Mi marido me pasó las maletas y se quedó en la otra fila. Nos miraba e intentó sonreír para tranquilizarnos, pero sus labios fruncidos pretendían disimular una angustia casi insoportable.

—¿A dónde se llevan a papá? —preguntó Emily, mientras se frotaba sus ojos irritados.

No supe qué contestar. Me había quedado sin palabras, el dolor me había dejado muda, como si mi mente ya no pudiera soportar aquel sinsentido. Me limité a acariciar su cabeza y bajar la vista para que no se diese cuenta de mis lágrimas.

Los hombres de veinte a cuarenta años vendrán con nosotros —dijo uno de los oficiales de las SS.

El grupo se dividió en dos y contemplé cómo se alejaba Johann. Al estar entre los primeros apenas pude observar durante unos segundos su espalda ancha, con el pelo negro y rizado metido en parte por el cuello de su camisa. Mi marido había ocupado toda mi existencia durante casi quince años. Sentí como si me arrancasen las entrañas cuando echaron a andar. La vida no merecía la pena ser vivida sin él. Después miré a mis hijos. Me observaban con sus ojos muy abiertos, como si intentaran escudriñar mi alma. Entonces supe que ser madre era mucho más que criar niños, consistía en doblegar el alma hasta que el yo se confundía para siempre con sus bellos rostros inocentes. El grupo de hombres ya estaba a cierta distancia mientras me mordía los labios para no llorar. Johann caminaba dentro de la formación, ocultándome su rostro. Pedí al cielo verle por última vez. Los soldados les empujaban y apremiaban, pero al menos Johann por un instante se atrevió a girarse y sus ojos se despidieron de mí, intentando suplir con aquellas hermosas pupilas la falta de sus palabras.

# 3

Auschwitz, mayo de 1943

Mientras avanzábamos en fila a lo largo de la inmensa alambrada, mis temores tomaban formas fantasmagóricas. Únicamente interrumpidos por terraplenes de un metro, donde el césped crecía entre el barro y las barracas, se abría ante nosotros una sucesión interminable de barracones de madera, como barcos naufragados en una costa infinita. En medio de ellos, como náufragos desorientados, había personas vestidas con harapos que nos miraban con indiferencia. Pensé que se trataba de algún centro de salud mental. Las cabezas rapadas, los uniformes a rayas, la expresión ausente primero de las mujeres y más tarde de los hombres, me parecían signos de demencia. ¿Quién era toda aquella multitud? ¿Por qué nos habían llevado allí? Un olor dulzón impregnaba el lugar y un humo gris apocaba los primeros y tímidos rayos de sol, mientras que las guardianas nos imponían un paso marcial y no dejaban de dar órdenes. Caminamos durante un buen rato hasta alcanzar una verja movible. Nos hicieron entrar por ella; los niños estaban agotados y hambrientos, pero no nos permitían romper la formación ni darles nada de comer. Nos tuvieron casi dos horas frente a un edificio pequeño de madera tosca sobre el que estaba puesto un cartel en alemán con la palabra «registro».

Al final, una guardiana sumamente hermosa, vestida con una capa y el uniforme oficial de color verde, comenzó a ordenarnos a gritos que pasásemos al edificio. Allí, cuatro mujeres vestidas de presas, pero con mejor aspecto que las que habíamos visto al bordear el campo, nos entregaron un papel verde para que pusiésemos nuestros datos y una hoja blanca con la orden de la Oficina Central del Reich en la que se mandaba nuestro ingreso inmediato en el campamento. Estuve un rato rellenando los papeles de mis hijos. Adalia no quería que la soltase y el resto de los niños estaban pegados a mi abrigo.

—Señora, tiene que hacerlo más rápido. No tenemos todo el día —dijo la mujer, impaciente.

Una larga fila esperaba detrás de mí. Avanzamos un poco y nos acercamos a una segunda mesa. Allí, unos hombres tatuaban a gran velocidad el número que nos habían asignado en el papel verde. Extendí el brazo y noté unos fuertes pinchazos, pero el preso me tatuó con mucha rapidez.

—Los niños también —dijo el prisionero de forma inexpresiva.

—¿Los niños? —pregunté horrorizada.

—Sí, son las órdenes —contestó el hombre mirándome a través de sus gafas redondas. Parecía más un autómata que una persona, no expresaba la más mínima emoción.

Blaz, el mayor, extendió el brazo sin rechistar y una vez más me sentí muy orgullosa de él. Acto seguido, su hermano Otis hizo lo mismo, seguido de los gemelos. Se quejaron brevemente al sentir los pinchazos, pero ninguno de ellos apartó el brazo o se negó a que los tatuasen.

—La niña tiene un brazo muy fino —comenté señalando a Adalia.

—A ella se lo haremos en el muslo —contestó el prisionero.

Le tuve que bajar los leotardos blancos y descubrir su pierna blanquecina para que el hombre tatuase el número con la «z» de zíngaro delante.

Salimos del edificio y nos unimos de nuevo a la larga fila de personas que esperaban delante de las guardianas para ser escoltadas hasta el campo de los gitanos. Estuvimos otra hora de pie mientras una fina lluvia primaveral nos calaba hasta los huesos. Afortunadamente, los niños estaban tan agotados y hambrientos que apenas se movían del sitio.

La guardiana más guapa —después me enteré que se llamaba Irma Grese— nos ordenó que nos pusiéramos a caminar. En largas filas la seguimos por un pequeño bosquecillo que comenzaba a reverdecer tras el duro invierno polaco. El contraste de aquellos árboles tan llenos de vida y las embarradas calles del campamento me hizo pensar en lo miserable de la condición humana, capaz de destruir la belleza de la naturaleza y convertir la tierra en un lugar inhóspito.

Llegamos delante de una gran puerta y nos introdujimos en la amplia avenida que dividía el campamento gitano que los alemanes denominaban «Zigeunerlager Auschwitz». A cada lado quedaban las barracas alargadas que servían de cocinas y almacenes, después le seguían más de una treintena de barracones que hacían de residencia de los presos, hospitales y baños.

Al parecer, en el papel que nos habían entregado llevábamos escrito la barraca que nos correspondía, pero nos sentíamos tan aturdidas, agotadas y hambrientas que nos dejábamos llevar como autómatas sin saber dónde estábamos ni qué hacíamos.

Las guardianas se impacientaban y, ayudadas por algunas reclusas, comenzaron a arrancarnos de las manos los papeles y empujarnos hacia nuestros barracones. Al final logré reaccionar y, antes de que una de las reclusas que llevaba una especie de porra me golpease, comprobé que nos habían asignado la barraca número 4.

La avenida principal estaba muy embarrada y, cuando llegamos a nuestra supuesta nueva residencia, nos sorprendió que dentro había grandes charcos de lodo. El agua se colaba por el techo y las paredes de tablones de madera retorcidos y mal clavados. La barraca era literalmente un establo maloliente donde los animales no se habrían atrevido a dormir. Eso éramos para los nazis, bestias salvajes, y como a tales nos trataban.

Aquella especie de cuadra desprendía un terrible olor a suciedad, orín y sudor. Se dividía en dos partes por medio de una larga estufa de ladrillo de más de un metro de alto. A cada lado había tres filas de camastros que las prisioneras llamaban *koias*. En cada una de aquellas jaulas de madera se apretaban casi veinte personas. La gente debía dormir sobre la madera dura y la única protección era una manta raída, normalmente repleta de piojos. Muy pocos tenían unos sacos en forma de jergón repletos de serrín. Aunque no había camastros para todos y algunas presas debían descansar sobre el fango del suelo o recostadas en el poyete que atravesaba de lado a lado la barraca.

—¿Hay algún sitio libre? —pregunté a unas mujeres que estaban sentadas sobre el poyete que cruzaba el largo hangar. Las mujeres me miraron de arriba abajo y comenzaron a reírse. Ninguna hablaba nuestro idioma, al parecer eran gitanas rusas.

Con las maletas aún en las manos, busqué algún hueco, pero parecía todo ocupado. Los niños comenzaron a quejarse, prácticamente llevaban todo el día de pie sin apenas probar bocado.

Una de las mujeres que era escribana del bloque —así llamaban a las que recontaban cada día a los prisioneros— nos dijo que había un pequeño hueco en la última fila de *koias* del fondo, pero que mi hijo mayor y yo deberíamos dormir en el suelo hasta que algunas más se quedaran libres.

No entendí qué quería decir. ¿Cómo podían quedar camastros libres? ¿Eso significaba que alguna gente lograba regresar a su casa? Aquello me hizo abrigar una ligera esperanza de volver a ver a Johann y retomar nuestra vida. Tal vez cuando terminara la guerra todo volvería a la normalidad. Por desgracia, más tarde descubrí que la mujer realmente se refería al gran número de prisioneros que morían cada día, por las pésimas condiciones del campo o asesinados a manos de los guardas.

Los niños intentaron encaramarse a sus *koias*, pero la decana del bloque nos dijo que había unas horas determinadas para descansar y que las guardas prohibían usar las camas antes de que anocheciera.

Respiré hondo y dejé las maletas en el sitio donde dormirían mis hijos aquella noche. El mayor me pidió permiso para salir y, aunque continuaba lloviendo, pensé que era mejor que respirase algo de aire puro, pues el ambiente en aquella barraca era realmente deprimente.

—¿Dónde hay servicios y duchas? —pregunté a la escribana.

—Son las últimas barracas del campo, las números 36 y 35, pero únicamente se puede entrar a los edificios por la mañana y a cierta hora de la tarde. Las duchas únicamente pueden usarse por la mañana —comentó la mujer con el ceño fruncido, como si le molestasen tantas preguntas. Su fuerte acento ruso arrastraba las palabras y me costaba entenderla.

—Pero, ¿qué hacen con los niños? —le comenté.

—Ellos tienen que hacer sus necesidades en los costados de las barracas y los adultos se aguantan hasta la hora que les toca. Por la noche hay un cubo y las nuevas tenéis que vaciarlo cuando se llena del todo.

Se me revolvieron las tripas de solo pensarlo. Imaginaba que en apenas una o dos horas los orines rebosarían y tendría que salir a la explanada para vaciarlo en mitad de la noche gélida.

—Dentro de media hora todo el mundo tiene que estar dentro de los barracones. Después nos servirán la cena y ya no podremos salir hasta mañana por la mañana. Si alguien es sorprendido fuera de las barracas será severamente castigado —dijo la escribana.

No comprendía nada. Aquellas normas me parecían absurdas y arbitrarias. Llevaba años trabajando en hospitales como enfermera y sabía que era imprescindible tener un orden para que las cosas funcionaran, pero en aquel lugar nada parecía seguir una lógica.

Me dirigí a los servicios con los niños. Blaz estaba charlando con una par de muchachos, pero al verme los dejó y nos siguió.

—¿Qué es este sitio, mamá? —me preguntó.

Sabía que a él no le podía engañar. Aproveché que sus hermanos se habían entretenido jugando con los charcos para ponerme en cuclillas e intentar que comprendiese la situación.

—Este un lugar en el que estamos encerrados por ser gitanos, no sé el tiempo que tendremos que permanecer aquí, pero debemos intentar pasar desapercibidos. Únicamente llevamos unas horas en el campamento, pero creo que lo mejor es que no llamemos mucho la atención —comenté a Blaz.

—Lo intentaré. Cuidaré de los pequeños y buscaré la forma de traer un poco de comida.

—Ahora vamos a limpiarnos un poco —le contesté acariciando su pelo moreno.

Cuando entramos en el barracón de los servicios se me cayó el alma a los pies. El olor era aún peor que en las barracas normales. Había una especie de abrevadero para animales completamente sucio y al fondo una larga plancha de hormigón con agujeros que hacían la función de un larguísimo retrete corrido. Nos acercamos a los abrevaderos. El agua tenía un color marrón oscuro y olía a azufre. No podía creer lo que veían mis ojos. ¿Cómo iba a lavar a los niños con ese agua? Aquello era un verdadero foco de infecciones.

—¡No toquéis el agua! —grité cuando Otis hizo amago de beber.

—Tenemos sed —protestó Otis.

—Esa agua está infectada —les dije, apartándoles del largo lavabo.

Me miraron con ojos desorbitados. Sus rostros ennegrecidos por todos aquellos días en los vagones de ganado, la piel deshidratada, unas profundas ojeras y sus cuerpos enflaquecidos por el hambre me dejaron sin palabras. Deseaba despertar de aquella pesadilla, pero no podía rendirme; en eso pensaba mientras intentaba aguantar la rabia. Por primera vez en mi vida no sabía qué hacer ni qué decir.

Regresamos a la barraca justo cuando terminaba lo que llamaban la hora libre. La gente comenzaba a entrar en los edificios y en unos minutos la gran avenida central quedó completamente desierta.

Nos acercamos hasta el lugar que nos habían asignado y me asomé para sacar los pijamas de nuestras maletas. Me extrañó verlas abiertas, cuando levanté la tapa me encontré con que apenas quedaba algo de ropa dentro. Nuestra poca comida, los abrigos y el resto de las pertenencias habían desaparecido. No pude resistir más y comencé a llorar. Ahora apenas nos quedaba lo puesto y la comida que nos llevaran aquella noche.

Escuché a mis espaldas unas risas y me volví furiosa. Una de las mujeres estaba escondiendo debajo de la manta una camiseta de uno de mis hijos. Con dos largas zancadas llegue hasta su *koia* y levanté la manta.

—¡Qué haces, alemana! —gritó la mujer con un fuerte acento.

—Esto es nuestro —le contesté tirando de la camiseta.

La otra mujer me tiró del moño y, cuando intenté apartarle las manos, la primera me golpeó en la cara. Una de las vigilantes de la barraca se acercó hasta nosotras. Ellas eran las responsables de mantener el orden dentro, como los kapos, una especie de vigilantes, lo hacían fuera de los barracones.

—¡Quietas! —dijo la mujer tirando de mí hacia atrás.

—¡Me han robado! —grité furiosa.

—No es cierto —contestó una de las mujeres—, esta maldita nazi quiere causar problemas.

—¿Es eso verdad? —preguntó la vigilante.

—¡No! Ellas me han robado todo lo que tenía —le contesté enfurecida.

—Es tu palabra contra la suya. Vete a tu camastro y no causes problemas. De lo contrario informaremos al *Blockführer* y te castigará. Eres madre, intenta no meterte en conflictos con otras internas —dijo la vigilante mientras me empujaba a mi camastro.

Regresé a mi catre con la cara magullada, me sentía impotente, pero sabía que aquella mujer tenía razón. Diez minutos después dos prisioneras entraron con un inmenso recipiente con un pan negro cuyos pequeños trozos rancios estaban hechos principalmente con serrín, una cucharada de margarina y un poco de compota de remolacha. Aquello supuestamente debía alimentarnos hasta el día siguiente. Las prisioneras y los niños se colocaron rápidamente en fila con unos pequeños peroles. Una mujer me pasó un recipiente con el que teníamos que comer mis cinco hijos y yo. Fui casi de las últimas en recibir la ración. Cuando los niños vieron lo que les traía dudaron por unos segundos, pero se encontraban tan hambrientos que no tardaron ni un minuto en comérselo todo. Yo preferí compartirles mi pequeña porción. Sabía que apenas les alimentaría un poco más, tal vez lo suficiente para que resistieran hasta la mañana siguiente.

La claridad comenzó a menguar con rapidez. Dentro de las barracas no había luz eléctrica y en cuanto anochecía todos tenían que acostarse para intentar dormir. Fuera la lluvia había cesado, pero el agua se filtraba por las paredes y el suelo. Quité las botas a la pequeña y encargué a su hermano Blaz que las vigilara, después ayudé a los gemelos para que se tumbaran a su lado. Pegados a ellos había cuatro mujeres que los arrinconaron hasta que sus espaldas se pegaron a la madera húmeda de la pared de la barraca. Luego se subió Otis, que se colocó entre las mujeres y sus hermanos, consiguiendo hacerles algo más de hueco ante las protestas de las incómodas vecinas. Apenas quedaba luz dentro de la barraca, la suficiente para observar por unos segundos los rostros de mis cuatro hijos pequeños. Parecían sentirse en paz a pesar del horror que nos rodeaba, me prometí hacer todo lo imposible para que sobrevivieran, después los tapé con la manta y me giré hacia mi hijo Blaz, que se había subido en el poyete con la otra manta.

—Mamá, ven a descansar, seguro que las cosas mañana las veremos un poco mejor —dijo mi hijo sonriente.

Nos abrazamos intentando hacer equilibrios para no caernos en medio del fango. Blaz se durmió casi al instante. Escuché su respiración pausada y después percibí los últimos quejidos y protestas de las prisioneras y sus hijos. Nos encontrábamos en un establo pestilente rodeados por desconocidos. Mi esposo Johann había desaparecido y el futuro parecía tan incierto que lo único que tuve fuerzas para hacer fue una pequeña plegaria por mi familia. Llevaba casi siete años sin pisar una iglesia, pero en aquel momento hablar al vacío inexorable de aquel hangar me pareció la única forma de abrigar una pequeña esperanza. Los pensamientos apenas me fluían. El hambre, el temor y la angustia asfixiaban la mente como si vivir en aquel campo fuera lo mismo que intentar respirar debajo del agua. Recordé de nuevo el hermoso rostro de mi marido. Aquellos ojos que decían tanto. Volvería a ver a mi hombre, él no me dejaría sola ni en el infierno. Johann, como Orfeo que atravesó el inframundo para rescatar a su esposa, volvería por mí para arrebatarme de los brazos de la misma muerte, aunque aquella noche me pasó por la cabeza que sufriría la misma suerte que Eurídice y mi amado se quedaría al otro lado de la laguna Estigia. La vigilia se hizo eterna, sin apenas sueños, me sentía rota por el temor y la incertidumbre, pero con la determinación de no rendirme. Mis hijos serían mi fuerza hasta que volviera Johann por nosotros.

# 4

Auschwitz, mayo de 1943

Mi llegada a Auschwitz no había podido comenzar peor. Todavía no había comprendido que la única regla que reinaba en el campo era la de sobrevivir a cualquier precio y no esperar mucha ayuda de nadie. Las madres se aferraban al más mínimo pedazo de pan para alimentar a sus famélicos hijos, los hombres luchaban por los mejores puestos de trabajo dentro del campamento con la esperanza de sobrevivir un día más. Las guardianas y los SS intentaban aprovecharse de nuestra situación de las formas más crueles y sádicas. La lógica de Auschwitz no podía compararse con la que funcionaba al otro lado de las alambradas electrificadas.

Nos despertaron a primera hora de la mañana, cuando aún quedaban dos horas para el amanecer. Teníamos que vestirnos a toda prisa, dejar la barraca organizada y aprovechar los pocos minutos que se nos permitía entrar en los baños. No era fácil para mí preparar a cinco hijos en tan poco tiempo, pero el mayor me ayudó con Adalia, mientras yo terminaba de preparar a los gemelos. Nuestros zapatos chapotearon en el barro mientras nos dirigíamos a la carrera hasta los baños. Esperamos un rato a la intemperie bajo la lluvia hasta que nos tocó el turno. Primero envié a los niños a que hicieran sus necesidades, pero habíamos ingerido tan poco líquido y alimento que no pudieron evacuar nada. Después me decidí a limpiarles la cara y las manos con el agua gélida que salía de los abrevaderos que utilizábamos como lavabos.

—No bebáis ni un sorbo de agua —les advertí. No hacía falta ser enfermera para saber que aquella agua no era potable.

Apenas habíamos logrado limpiarnos cuando los kapos nos empujaban para que dejásemos paso a los siguientes.

Cuando salimos a la gran avenida, con las manos y la cara aún húmedas, notamos el frío de la mañana polaca. No quise ni pensar cómo serían las temperaturas en otoño o invierno, cuando los termómetros apenas subían a cero grados.

Aprovechando el regreso a la barraca intenté fijarme algo más en los edificios del campamento y sus alrededores. Exteriormente, todas las barracas parecían iguales menos las más próximas a los baños, la llamada Sauna y un barracón cercano, del que desconocía qué función tenía. Las barracas 24 a la 30, al parecer, eran pabellones hospitalarios para hombres y mujeres. El pensar que se preocupaban por nuestra salud me tranquilizó un poco, también me pasó por la cabeza ofrecerme como voluntaria para trabajar en ellas, seguramente aquello podía mejorar mi posición dentro del campo. El resto de las barracas eran todas para residentes, aunque las primeras albergaban las oficinas y en ellas vivían los kapos con muchas más comodidades que el resto de los prisioneros.

Nos hicieron formar durante una larga hora hasta que realizaron el recuento matutino y comprobaron que no faltaba nadie. Después entramos en nuestra barraca y tomamos el único recipiente que nos habían facilitado la noche anterior. Dos de las ayudantes de cocina repartieron un líquido negro y maloliente que llamaban café. Yo me acerqué hasta una de ellas y le pregunté:

—¿No hay leche para los niños?

La mujer me miró y, girándose hacia su compañera, dijo en tono burlón:

—La marquesa quiere leche para los príncipes. Lo lamento pero la sangre azul no tiene preferencias en este lugar.

El resto de mujeres del barracón comenzaron a reírse, así que yo tomé el café y, sin rechistar, me dirigí de nuevo hasta mis hijos.

Tomaron el café a sorbos, al menos el beber algo caliente nos consoló un poco del frío y engañó por unas horas al hambre. Aún nos quedaba algo más de media hora libre. Prefería volver a salir que permanecer más tiempo en aquel lugar inmundo. Nos aproximamos hasta las barracas de la entrada. Allí estaban las oficinas, el almacén y la cocina. La mayoría de la gente empleada eran delincuentes comunes, aunque también había algunos gitanos. Me acerqué a una de las mujeres de la oficina, pero apenas había dado un paso cuando una de las guardas se cruzó delante de mí.

—¿Dónde crees que vas? — me preguntó blandiendo su fusta.

—Quería preguntar una cosa —le contesté mirándola directamente a los ojos. Mis hijos instintivamente se pegaron a mí.

—Esto no es un campamento de verano. ¿Te incomodan las instalaciones? ¿Quieres hacer alguna sugerencia sobre el menú a nuestro cocinero? Maldita zorra, regresa a tu barraca —dijo propinándome un golpe en plena cara.

La sangre empezó a manar con fuerza de la herida empapando mi vestido. Los niños comenzaron a aullar de miedo, pero Blaz dio un paso para intentar defenderme.

—No, Blaz —dije mientras apartaba al resto de los niños.

—Llévate a tus crías a su sitio y no vuelvas a aparecer por aquí. ¿Entendido?

Regresé a la barraca llorando y con la cara ensangrentada. Nos metimos en nuestro rincón y no salimos de allí hasta que nos llevaron la comida. Mi mente estaba completamente bloqueada. Me decía una y otra vez que tenía que reaccionar, pero parecía que el cuerpo no me respondía. Tenía que hacerlo por mis hijos, aunque yo estuviera perdiendo el deseo de luchar, a ellos les quedaba toda una vida por delante.

—Mamá, luego saldré e intentaré buscar ayuda. Estoy seguro de que habrá alguien aquí que quiera socorrernos —dijo mi hijo mayor.

Acaricié su pelo sucio y noté algo que me parecieron piojos. En apenas unas horas, chinches, pulgas y piojos nos torturaban sin piedad. Blaz siempre había sido un buen chico, responsable y cariñoso. Únicamente tenía ojos para su madre. Estaba segura de que sería capaz de hacer cualquier cosa por nosotros, pero temía que le pudieran dañar o matar.

—No hagas nada. Este lugar es muy peligroso. Ya se nos ocurrirá alguna cosa. Dios nunca abandona a sus hijos —le comenté.

—Creo que en un lugar como este hay que echar una mano a Dios —contestó Blaz muy serio.

Me quedé dormida al poco rato y ninguna de las guardianas me molestó. Por unos segundos soñé con Johann y nuestros primeros años de casados. Éramos profundamente felices, a pesar del rechazo que sentíamos de la gente. Por eso nos trasladamos a Berlín, allí nadie parecía escandalizarse por nada, y mucho menos por un matrimonio entre una mujer aria y un gitano. En aquella época, mediados de los años treinta, la capital era un punto de atracción para todos los que queríamos salir de la miseria de postguerra y la crisis económica. En nuestra ciudad, tras el regreso inesperado de las penurias económicas, nadie quería que un gitano ocupara el puesto de un «buen alemán». Muchos romaníes habían peleado en la Gran Guerra. El padre de Johann había sido condecorado con la Cruz de Hierro al salvar a un oficial herido y llevarlo desde el frente hasta un hospital de campaña, pero eso no importaba cuando apenas quedaba nada para repartir. Mi primogénito ya había nacido y únicamente el buen corazón de una panadera casada con un jamaicano hizo que pudiera dar leche a mi hijo y sacarlo adelante. El ensueño de una sociedad más justa que había traído la República de Weimar de nuevo se había convertido en pesadilla.

Aún tengo fresco en la memoria el día que Johann llegó a casa con unas naranjas. Era Navidad y aquella noche no podíamos comer otra cosa que no fuera unas patatas cocidas y dos salchichas. Saboreamos la naranja con un poco de azúcar, mientras mi marido pasaba los gajos por los labios de mi hijo y se reía al verle chupar la fruta, como si se tratara del manjar más sabroso de la tierra.

El hambre constante te hace soñar continuamente con comida. La llegada del almuerzo me despertó, salimos por la ración miserable del mediodía, que consistía en una sopa repugnante y muy líquida. Les ofrecí todo el contenido a mis hijos, yo no probé bocado. Ya llevaba casi tres días sin comer, me comenzaban a faltar las fuerzas. Debía buscar una manera de sobrevivir, en un par de días no podría hacerme cargo de los niños y ellos no aguantarían ni una semana solos.

Tras la sopa pudimos salir otro rato a pasear. Esta vez no marchamos hacia la parte de la entrada, después de mi encuentro con la guardiana. Recorrimos las barracas hacia los baños. Cuando pasábamos por delante de la número 14 escuché a varias personas hablando alemán. Era la primera vez que escuchaba a prisioneros comunicándose en mi idioma. Me aproximé con cautela. Los niños permanecían a mi lado, excepto Blaz, que quería explorar el campamento por su cuenta.

—¿Son alemanas? —me atreví a preguntar a dos ancianas con un par de bebés en brazos.

Las mujeres me miraron con sorpresa. No estaba segura de si era por mi aspecto ario, por la herida de la cara o por la prole de niños que me seguía. La más anciana me hizo un gesto para que me acercase. Después me agaché delante de ella y pasó su mano por mi rostro. Aquella simple caricia hizo que comenzara a llorar, un sencillo gesto de cariño dentro de aquel infierno era el mejor regalo que nos podían hacer.

—Dios mío, ¿qué te ha pasado? —preguntó la más anciana casi en un susurro.

—Una guardiana me golpeó cuando me acerqué a la oficina —le contesté.

—Sería la sádica de María Mandel o la fiera de Irma Grese. Las dos son las peores bestias de Birkenau.

—¿Esto es Birkenau? —le pregunté.

—Sí, estamos en Birkenau, aunque también lo llaman Auschwitz II. Pero tú no eres gitana —dijo la anciana.

—No, pero mi marido y mis hijos sí lo son. Querían traerlos aquí sin mí, pero no podía dejarlos atrás. Soy su madre —le contesté muy seria.

—¿Dónde está tu marido? —preguntó la otra mujer.

—Nos separaron al llegar, creo que se lo llevaron a un grupo de trabajo —le contesté.

—¿Estaba enfermo o muy delgado? —preguntó la más anciana.

—No, más bien fuerte y sano —le contesté extrañada por la pregunta.

—¿Seguro? —insistió la anciana.

Yo no entendía la pregunta de la mujer, hasta que supe lo que hacían con los enfermos, los niños y los ancianos al otro lado de la alambrada.

—Entonces no te preocupes por él. Los que trabajan reciben un poco más de alimento y pueden salir de aquí hasta las fábricas —dijo la otra mujer.

—¿Dónde estás alojada con los niños? —preguntó la anciana que todavía tenía la mano sobre mi rostro.

—En la barraca número 4.

—¡Dios mío, con los rusos! Esas malas bestias lo han pasado tan mal que están completamente deshumanizados, tenéis que salir de allí cuanto antes —dijo la anciana asustada.

—Pero ¿cómo? —le pregunté desesperada.

—Hablaremos con la decana de nuestra barraca. Somos muchos aquí, pero al ser alemanes no estamos tan hacinados como el resto de los prisioneros, aún podemos haceros un hueco. Ella presentará una solicitud al encargado de las SS. Normalmente, cuando es una petición nuestra la suelen aceptar sin rechistar. Esta noche tendréis que regresar allí, pero espero que mañana os trasladen a nuestra barraca. No habléis con nadie ni os metáis en líos. Son gente muy peligrosa —me advirtió la anciana.

Las palabras de la mujer me inquietaron y animaron al mismo tiempo. Habíamos tenido la desgracia de caer en el peor sitio del campo gitano, pero parecía que las cosas iban a mejorar.

Una de las ancianas me dejó su bebé y entró en la barraca, salió con un trozo de esparadrapo y una venda. Me limpió la cara con alcohol y después me tapó la herida.

—Una de nuestras amigas es una enfermera polaca judía, no hay mucho en la enfermería, pero nos facilitó algunas vendas para los niños —dijo la mujer.

—Yo soy enfermera —le contesté.

—Bendito sea el cielo. Esa gente necesita mucha ayuda en el hospital, son muy pocos y casi sin medicinas —comentó la mujer.

Me quedé un buen rato charlando con las dos señoras. Era la primera vez que sentía de nuevo el contacto humano. Mis hijos comenzaron a jugar con algunos de los niños de la barraca. Teníamos que pasar una noche más en compañía de aquella terrible gente de la barraca 4, pero alguien nos había acogido por fin en Birkenau.

Cuando llegó la decana a la barraca 14 me tomó los datos y se los pasó a la secretaria, que llevó la solicitud a la oficina. El hecho de ser enfermera hacía más fácil que aceptaran la petición de traslado. Además, en el campo existía un acuerdo no escrito por el cual se trataba algo mejor a los prisioneros alemanes, a no ser que estos fueran judíos, en ese caso el rigor era casi el mismo.

—Nosotros somos más afortunados que los pobres judíos —comentó la anciana.

—¿Por qué lo dice? —le pregunté extrañada. No me parecía que los gitanos tuvieran muchas comodidades en Auschwitz.

—A ellos les separan nada más llegar. El único campamento judío de familias que hay es el de los checos, el resto se divide en hombres y mujeres, los niños, las madres y los ancianos desaparecen. No sabemos lo que hacen con ellos, puede que los lleven a otros campos —comentó la anciana.

La otra mujer frunció el ceño y, en un susurro, nos dijo:

—Aunque algunos piensan que los matan y los queman.

—No digas eso, nos traerá mal *bajío* —contestó la anciana persignándose.

—Cuando vienen a ducharse a la Sauna, algunos de los *Sonderkommandos* se lo han dicho a nuestros hombres. Creo que hay un gitano entre ellos. Al parecer queman los cuerpos en hornos.

—Eso son habladurías. Los nazis no son capaces de ser tan crueles, hasta ese maldito Hitler habrá tenido madre y padre —dijo la anciana enfadada.

—Ese hijo del *Beng*, su padre es Satanás —contestó la otra mujer.

—No creo que lleguen a ese extremo —comenté a las dos mujeres. Durante aquellos años había visto muchas cosas, pero la crueldad humana tiene sus límites, al menos eso es lo que pensaba en aquel momento.

Regresamos a la barraca justo antes de la cena, después de pasar rápidamente por los baños. Tomamos en silencio el pedazo de pan negro y la compota y luego los pequeños se pusieron a dormir. Los niños estaban agotados. Demasiadas emociones y poca comida para tener energías a esas horas de la tarde. Cuando la oscuridad llegó por completo, Blaz me contó lo que había descubierto, y yo, mi charla con las dos ancianas.

—Al parecer, el campamento de la derecha es el hospital de todo el campo. Al otro lado es un campamento de hombres judíos. Por eso cada mañana salen temprano para trabajar en las fábricas de los nazis —me explicó mi hijo.

—Espero que mañana podamos trasladarnos al nuevo barracón. No creo que sea mucho mejor que este, pero al menos la gente parece más amable —le contesté, sin poder pensar en otra cosa.

—Yo he conocido algunos niños y he observado un pequeño cobertizo que está cerca de las oficinas —continuó Blaz con su relato.

—Te prohibí que te acercases a esa zona —le dije nerviosa. Después de la experiencia de por la mañana, sabía que estar cerca de los guardianes o los SS era muy peligroso.

—No te preocupes, no me acerqué demasiado. Únicamente lo suficiente para ver el barracón que tienen los SS detrás del almacén.

Allí se pasan el rato fumando y bebiendo, también he visto con ellos a algunas chicas del campamento —comentó mi hijo.

—No quiero que vuelvas a esa zona. Puede ser muy peligroso —le advertí.

Nos dormimos entre las quejas, los gemidos y los golpes de las presas. A la mañana siguiente hacía mucho frío. El cielo estaba despejado y había caído una fuerte helada. El techo de la barraca apenas lograba detener en parte el ambiente gélido del exterior. Nos arreglamos deprisa, yo tenía la esperanza de que aquel mismo día nos trasladasen a la barraca de los alemanes. Después de arreglarnos y tomar el café, regresamos a la barraca. Los niños estaban muertos de frío. Temblaban sin parar y, aunque intentamos calentarnos unos a otros, apenas teníamos calorías en el cuerpo que combatiesen las bajas temperaturas.

Una de las rusas más agresivas se acercó hasta nosotros y sacando una especie de punzón, me dijo:

—Marquesa, necesito tus abrigos. Mis hijos están pasando frío.

Me incorporé dubitativa, no quería crear un incidente que pudiera perjudicar mi salida de aquella barraca, pero tampoco podía permitir que les quitasen a mis hijos sus abrigos.

—Me encantaría poder ayudarte, pero mis hijos también tienen frío. Pídele unos nuevos a la dirección del campo —le comenté mirándola directamente a los ojos.

Dos amigas de la mujer se pusieron a su lado. Luchar contra tres mujeres, y una de ellas armada, no era una idea muy inteligente.

Blaz se puso en pie y, pegando un salto, se escabulló entre las mujeres y salió fuera del barracón. No pudieron detenerle, tampoco nadie se atrevía a salir a esas horas de la barraca.

—¿Dónde cree que va tu mocoso? Dentro de poco lo traerán molido a palos, pero es lo que merecen los que son como tú, que piensan que las cosas malas nunca les pueden pasar, que es la gente como nosotros la que merece las desgracias de la vida.

—No quiero problemas. Todos estamos aquí injustamente, si nos ayudamos podremos salir de esta, pero, si nos comportamos como animales, los nazis nos eliminarán en un abrir y cerrar de ojos —intenté explicarle.

La mujer levantó el punzón y comenzó a moverlo a un lado y al otro. Yo lo seguí con la mirada, después me quité el abrigo y me lo enrollé en el brazo derecho, mi marido me había explicado cómo luchaban los gitanos con sus navajas. La rusa me miró un poco sorprendida, como si mi reacción le hiciera dudar, pero enseguida continuó amenazándonos, eran tres contra una, sabían que no lograría resistir mucho tiempo.

Los niños lloraban a mis espaldas, el único que se mantenía tranquilo era Otis, que se había colocado a mi lado, como si pudiera ayudarme a resistir a aquellas tres fieras.

El resto de las prisioneras con sus hijos comenzó a hacer un semicírculo a nuestro alrededor, para no perderse nada de la lucha. Notaba cómo el corazón me latía a mil por hora, la poca vitalidad que me quedaba se intensificó en ese momento, para poder resistir a aquellas mujeres. No podía dejar que me volvieran a humillar, los abrigos eran lo único que separaba a mis hijos de una muerte segura.

—Si no quieres por las buenas, tendrá que ser por las malas —dijo la mujer y lanzó la primera punzada.

Logré esquivar el punzón y con el otro brazo la golpeé en el vientre. La rusa se dobló de dolor, pero las otras dos saltaron por mí y me tiraron de los pelos hasta empujarme al suelo embarrado. La rusa aprovechó para sentarse sobre mi pecho y ponerme el punzón en la garganta. Otis golpeó a una de las mujeres, pero de un fuerte empujón le mandaron hasta las camas.

—Tus crías se van a quedar sin madre, pero eso no importa, tarde o temprano iban a morir, la gente como tú no sobrevive mucho tiempo en un sitio como este.

Intenté incorporarme, pero las dos mujeres me sujetaban los brazos y la otra estaba sentada sobre mi pecho. Pensé en suplicar, pero no hubiera servido de nada, aquellas rusas eran poco más que bestias salvajes.

En ese momento Blaz apareció por la puerta de la barraca seguido por varias mujeres y hombres. Los gitanos de la barraca 14 habían venido en tropel para ayudarnos.

—¡Rusas, dejad en paz a la *gadyí*! —gritó la anciana que había conocido el día anterior.

Las tres mujeres se pusieron en pie desafiantes, pero al comprobar la docena de hombres y mujeres que habían entrado en la barraca armados de navajas, punzones y otras armas caseras, se limitaron a apartarse de su camino y permitir a los alemanes que me socorrieran.

—Toma tus cosas, ya han dado la autorización para que te instales en nuestra barraca —dijo la anciana, sonriente—. Esta mujer es intocable, como se os ocurra acercaros a ella o intentar hacerle daño, no pararemos hasta mataros a todos. ¿Entendido?

Las rusas parecían amedrentadas por las palabras de la anciana. Tomé las pocas posesiones que nos quedaban y salí con los niños de la barraca. Los gitanos me rodearon como si fueran mi escolta personal, después nos llevaron hasta su barraca sin que ningún kapo dijera nada. Tenían mucha influencia en el campamento y nadie osaba meterse con ellos. Luego la anciana me mostró la *koia* donde podíamos dormir. La barraca parecía mejor aislada que la otra, la mantenían más limpia y había menos prisioneros ocupándola. No era el paraíso, pero al menos se parecía menos al infierno que nuestras primeras horas en Auschwitz.

Después de dejar las cosas en nuestro pequeño sitio noté que se me nublaba la vista y, antes de poder sentarme, me desplomé en el suelo. Cuando recuperé el conocimiento, varias mujeres estaban a mi alrededor, mientras otras tranquilizaban a mis hijos.

La anciana me tenía en su regazo y al observar que abría los ojos me preguntó:

—Chiquilla, ¿cuánto tiempo llevas sin comer?

Entonces me acercó una especie de salchichón algo pasado, le di varios bocados, pero enseguida le pedí que mejor se lo diera a los niños.

—A ellos les daremos algo más tarde, pero si tú no comes nada no tendrán una madre que les cuide y les enviarán a la barraca 16, donde meten a los huérfanos, esos pobres no suelen durar mucho tiempo con vida.

Tomé a bocados el resto de salchichón como si fuera el más suculento de los manjares. Llevaba muchos días sin llevarme nada a la boca. Enseguida noté cómo regresaban mis fuerzas. Después me incorporé un poco y miré a mis hijos. Estaban jugando con otro niños de la barraca, parecían tranquilos y con mejor semblante.

—Aquí estaréis bien. No podemos daros lujos, pero nos ayudaremos unos a otros. Mañana empiezas a trabajar en el hospital. Los médicos se han puesto muy contentos cuando se han enterado de que había una enfermera nueva en el campamento —dijo la anciana sonriente.

Aquello me parecía música celestial. En un sitio como Auschwitz el tener una función podía ser lo que te librara de una muerte segura.

—¿Con quién se quedarán los niños? —pregunté algo inquieta a la anciana.

—No te preocupes, nosotros los cuidaremos. Tenemos muchos enfermos entre nosotros, ya nos pagarás con tus atenciones —respondió la mujer.

—¿Cuál es su nombre? —pregunté a la anciana, que todavía no me lo había dicho.

—Anna, Anna Rosenberg, aunque puedes llamarme abuela.

Aquella noche pude dormir bien por primera vez. De alguna manera recuperé algo de esperanza. Ahora formaba parte de una comunidad y ellos se encargarían de protegerme. Mi única preocupación en ese momento era averiguar dónde estaba mi esposo. Llevaba mucho tiempo sin tener noticias suyas. Algunas mujeres me habían comentado que era muy difícil contactar con los que estaban fuera de nuestro campamento, pero no quería perder la esperanza. Muchas veces, cuando la realidad te araña el alma, es mejor intentar evadirse con ensoñaciones. Por eso, cuando cerré los ojos intenté imaginarme cómo sería nuestra vida cuando todo esto hubiera terminado. Él regresaría a la Filarmónica, nuestros hijos estudiarían en la universidad y compraríamos una casa pequeña en las afueras de Berlín hasta que llegaran los primeros nietos y pudiéramos jugar con ellos junto a la chimenea, mientras afuera la nieve caía lentamente hasta cubrirlo todo de blanco.

# 5

Auschwitz, mayo de 1943

El único deseo que vi cumplido de lo que había imaginado aquellas largas noches en vela fue el de ver un manto de nieve cubriendo el lodo de Birkenau. Nadie la esperaba a finales de mayo, pero se presentó sin avisar, para segar un buen número de vidas indefensas, liberadas para siempre del dolor y el sufrimiento gracias a la blanca dama. El trabajo en las siguientes semanas fue agotador. Los nazis ponían en el frontal del campo *Arbeit macht frei*, según me habían contado algunas de las veteranas que habían vivido un tiempo en los viejos cuarteles del ejército polaco que componían Auschwitz I. Cada día, decenas de personas pasaban por las camas del hospital, aunque la mayoría fallecía al cabo de dos o tres jornadas. Los miembros del personal sanitario no disponíamos de medicinas, tampoco material quirúrgico ni nada que aliviara en parte el dolor de los enfermos.

Yo trabajaba junto a una enfermera polaca llamada Ludwika y a las órdenes del doctor Senkteller. La enfermera era de origen judío y había atravesado un largo calvario por varios guetos hasta llegar aquí. Su rostro reflejaba mejor que ningún otro la insensibilidad de la que era capaz de contagiarte Auschwitz. El doctor Senkteller parecía no haberse rendido aún, luchando con el campo para conseguir algunas medicinas y un trato mejor a sus pobres pacientes. Ambos eran excelentes profesionales y personas, pero, sin material quirúrgico ni medicinas, muy poco podían hacer contra la gangrena, el tifus, la malaria, la disentería o las diarreas debidas a la mala alimentación e higiene de los presos. El tifus era la enfermedad que más preocupaba en el campo. Los casos se habían multiplicado, sobre todo desde la llegada de una partida de gitanos checos. La única manera de prevenir la propagación de la enfermedad fue la desinfección total de los barracones. La medida la había propuesto el nuevo médico jefe del campamento, llamado doctor Mengele.

Durante un tiempo habíamos estado bajo la supervisión del doctor jefe Wirths, pero Birkenau estaba desbordado y habían enviado desde Berlín a nuevos médicos. El doctor jefe Wirths era hijo y hermano de médicos. En contadas ocasiones mostraba algo de humanidad, aunque casi siempre mostraba su cara más amable, para que sus cobayas humanas no se pusieran muy nerviosas. El doctor Senkteller me había contado que en una ocasión Wirths había intervenido a un paciente sin anestesia delante de su hermano Eduard. Un paciente de Auschwitz tenía varios tumores malignos y el doctor jefe estuvo torturando al pobre moribundo sin mostrar la más mínima compasión. Muchos prisioneros sufrían ataques de pánico cuando nos veían acercarnos con nuestras batas blancas. Para ellos éramos poco menos que la representación del dolor y de una larga agonía.

Entre el equipo médico no se dejaba de hablar del nuevo encargado del hospital del *Zigeunerfamilienlager*. El doctor Mengele era un joven de poco más de treinta años, que había sido herido en el frente ruso. El primer día que le vi me pareció un hombre apuesto, de trato cordial y agradable, siempre se mostraba sonriente, especialmente con los niños. No parecía como el resto de los nazis de Auschwitz, que con sus uniformes grises o negros se asemejaban a señores de la muerte, segando con sus guadañas los campos de Polonia.

Las nuevas medidas sanitarias del reciente jefe de médicos del *Zigeunerfamilienlager* no pudieron ser más radicales. A finales de mayo comenzaron a realizarse las desinfecciones previstas por barracones, yo supervisé la de la barraca 14, donde vivía con mis hijos. Fueron unos días especialmente duros para el campamento. El frío de Birkenau era muy húmedo. Era capaz de calarte los huesos hasta el tuétano y ya nada podía hacer que dejaras de tiritar.

Aquella gélida mañana, los kapos y escribientes se encargaron de sacar a todos los prisioneros de las barracas. Las familias corrían de un lado para el otro a medio vestir, ya que las guardias no habían permitido que la gente sacara nada de sus camastros. Los prisioneros primero salían completamente desnudos, después, a palos, los obligaban a introducirse en una bañera con un líquido desinfectante que les quemaba la piel. Recuerdo a una mujer llamada Ana, que llevaba un bebé en brazos. Su cuerpo desnudo estaba rosado por el frío, pero no le permitían que lo tapase. Ella lloraba y suplicaba, y al final una de las guardianas se lo arrebató de las manos. Él pobre bebé apenas se movía congelado de frío y adormecido por la debilidad. La guardiana lo sumergió en el desinfectante y, cuando el niño salió medio ahogado y con la piel abrasada, se lo entregó a la mujer. La joven madre gritaba de dolor mientras su hijo agonizaba en sus brazos. A las guardianas y los kapos no les importaba si eran ancianos, mujeres o niños los presos, todos tenían que pasar la desinfección. Acto seguido les rapaban el pelo y las barbas. Después permanecían desnudos en medio de la nieve hasta que les permitían ir a los baños a asearse un poco y ponerse las ropas. Las barracas eran desinfectadas, pero a los pocos días volvían a estar repletas de todo tipo de parásitos. Aquella cruel y brutal desinfección había sido del todo inútil.

Unos días más tarde, cuando comenzaron los nuevos casos de tifus, el 25 de mayo, el doctor Mengele reunió a todos los médicos y enfermeras en la barraca número 28, donde vivían los sanitarios, a excepción de mí, que continuaba en la barraca 14 con mis hijos. Después de los primeros días de intervención, todos nosotros habíamos aprendido a temer al oficial de las SS. Mengele se colocó con los puños apoyados en los costados y, con el ceño fruncido, nos anunció:

—El tifus ha vuelto a extenderse y las barracas 9, 10, 11, 12 y 13 están infectadas. No podemos permitir que la epidemia se propague. Las últimas medidas de desinfección no han causado el efecto deseado. Por ello, he dado orden de que se elimine a todos los miembros de las barracas 8 a la 14.

Las palabras de Mengele nos dejaron a todos boquiabiertos y horrorizados. El sufrimiento de unos días antes no había servido para nada. ¿Qué quería decir con «eliminar»? ¿Qué pasaría con los prisioneros de todas aquellas barracas? Nadie dijo nada. No se atrevían a contradecir a un oficial de las SS, ya que eran conscientes de que eso podía suponer la muerte inmediata.

Una vez que dejó de hablar, Mengele nos dio la espalda para indicarnos que la reunión había terminado, poco a poco todos mis colegas salieron del recinto, pero yo no me moví, esperando hasta quedarme a solas con el oficial. Ludwika tiró de mi bata blanca para que saliese, pero me quedé en la sala.

El oficial se dio la vuelta y me vio de pie, con la cabeza agachada. Hizo un carraspeo, como si estuviera impaciente por lo que tenía que decirle.

—*Herr Doktor*...

—¿Qué es lo que desea? ¿Su número es...?

—Soy la enfermera Helene Hannemann. Mis padres son alemanes y yo estudié en la universidad de Berlín.

—¿Es usted alemana? Me imagino que será judía.

—No, *Herr Doktor*. Soy aria, toda mi familia lo es también.

—¿Presa política, tal vez?

—No, estoy aquí para cuidar a mis hijos. Mi esposo es gitano y la policía consideró que mis niños debían acompañarle aquí, pero yo no podía consentir que se quedaran sin su madre —comenté al oficial.

—Lo lamento, pero no tengo tiempo para historias conmovedoras. Estoy aquí para salvar al campamento de la extinción. Esa plaga de tifus terminará con nosotros en pocas semanas, si no tomamos medidas drásticas.

El doctor parecía adivinar lo que iba a pedir. A pesar de sus formas amables y su sonrisa amplia no dejaba de mostrar la ferocidad de un oficial de las SS.

—Ha dicho que eliminará a todos los miembros de las barracas 8 a la 14. Eso supone más de mil quinientas personas inocentes —dije con la voz temblorosa.

—Un mal menor, de otra manera morirán los más de veinte mil zíngaros del campamento —contestó secamente el doctor.

—Los barracones 8 y 14 no están infectados... —dije titubeante.

—Pero al estar tan próximos de los otros seguramente tendrán algún caso de tifus —dijo Mengele, que parecía comenzar a cansarse de la conversación.

—Sí hay un nuevo brote podrá eliminar a esos barracones —contesté.

—Imposible. Es mejor prevenir que curar. Son las duras leyes de la guerra. En estos tiempos, todos tenemos que hacer sacrificios especiales. Usted no ha visto lo que yo he tenido que soportar en el frente ruso, esto es el paraíso terrenal en comparación —dijo Mengele totalmente asqueado.

Comencé a sudar. No parecía dispuesto a escucharme y me estaba arriesgando demasiado. Para él, mi vida no tenía ningún valor. Podía deshacerse de mí de un plumazo y sin que le temblase la mano.

—¿Qué sucede? ¿Tiene familia en alguna de esas barracas? —preguntó impaciente.

—Sí, mis hijos están en la barraca 14 —le contesté dubitativa. Tal vez podía usar esa información contra mí.

—Sacaremos a sus hijos de la barraca si eso es lo que tanto le preocupa. ¿Está contenta? Ya puede retirarse —dijo secamente Mengele.

Me quedé de pie. El alemán dio dos pasos haciendo golpear sus botas negras contra la madera del suelo. Se aproximó tanto a mi rostro que pude olfatear su perfume. No había olido nada tan agradable desde hacía muchas semanas.

—¿Qué es lo que quiere ahora? —preguntó con el ceño fruncido y la boca torcida.

—Le ruego que salve a las barracas 8 y 14, *Herr Doktor*. Sería un crimen matar a toda esa gente inocente —dije sin poder creer que aquellas palabras hubieran salido de mis labios. Acababa de firmar mi sentencia de muerte.

El oficial me miró sorprendido. La palabra «crimen» pareció enfurecerle de repente, pero logró sosegarse antes de contestar. Sabía que nadie le había tratado de aquella manera, y mucho menos una prisionera. No sé muy bien si lo que me salvó fue mi aspecto ario o la valentía de mi acción, pero el caso es que Mengele se agachó en la mesa, escribió una nota y me la entregó.

—Los barracones 8 y 14 serán respetados. En el caso de que aparezca un solo caso de tifus, los eliminaré de inmediato. ¿Lo ha entendido? No lo hago por usted, simplemente quiero que entienda que no disfruto con todo esto. Debemos sacrificar a los más débiles para que los más fuertes sobrevivan. La única forma de que la naturaleza no se pervierta es que dejemos que sea ella la que elija quién debe vivir y quién debe morir.

—Sí, *Herr Doktor* —contesté temblando, aunque intenté mantener firme el pulso cuando me pasó un papel escrito con su estilográfica.

—Lleve esta carta a la secretaria Elisabeth Guttenberger. Todavía no se ha tramitado la orden —me dijo, entregándome un papel firmado por él.

—Gracias —dije mientras tomaba la hoja.

—No me dé las gracias, *Frau* Hannemann. Mi tarea aquí es salvaguardar el campamento y realizar mis trabajos de campo, no facilitar la vida a los internos. Alemania está manteniendo a miles de personas que no son arias, pero no lo hará gratis ni por atenernos a absurdas normas humanitarias —contestó de manera arrogante.

Salí precipitadamente de la barraca y corrí hasta la oficina. No quería que la orden llegara demasiado tarde. Cuando me paré frente a la barraca me encontraba sin aliento. Se acercó hasta mí una de las guardas nazis, era María Mandel, aún guardaba de recuerdo una cicatriz en la cara que me había hecho al poco tiempo de llegar al campo.

—¿A dónde crees que vas, perra gitana? —me preguntó blandiendo su fusta.

—Traigo una orden del doctor Mengele —le dije enseñando la hoja.

La mujer hizo ademán de tomar el papel para arrugarlo, pero apareció por detrás otras de las guardas, Irma Grese.

—¿Quieres meterte en problemas? ¿No reconoces la firma del doctor Mengele?

María Mandel frunció el ceño. Comprobó la firma y me permitió pasar. Entré toda ufana en la sala y dejé el documento sobre la mesa de Elisabeth Guttenberger. Aquella joven era una gitana muy bella e inteligente. Apenas habíamos cruzado dos o tres palabras, pero la mayoría de los reclusos hablaban muy bien de ella. Su familia se había dedicado a vender antigüedades e instrumentos de cuerda en Stuttgart. Su padre había llegado a ser diputado en el Reichstag y uno de los miembros más reconocidos de la comunidad gitana.

—El doctor Mengele ha paralizado la eliminación de las barracas 8 y 14 —dije con la voz todavía entrecortada por la falta de aliento.

—Gracias a Dios. Cuando he visto la orden me he quedado helada —dijo Elisabeth mientras sellaba el escrito.

—Lo lamento por los que mañana morirán —le contesté.

—Aquí la única certeza es que todos moriremos, pero si al menos se salva alguno, habrá merecido la pena seguir luchando cada día. Llevo aquí desde mediados de marzo y lo único que he visto en todo este tiempo ha sido muerte y desolación. Detuvieron a toda mi familia en Múnich. Tengo a varios de mis hermanos y hermanas en el campo e intento ayudarles desde mi posición, pero es casi imposible. No hay mucho que repartir —contestó Elisabeth.

—Al menos ahora tienes un trabajo mejor —le comenté.

—Cuando llegamos nos tocó construir las barracas y las calles del campo. Mi padre no pudo resistir el ritmo de trabajo y falleció el primero. No sé cuántos saldremos con vida de aquí, aunque a veces pienso que no lo haremos ninguno de nosotros.

Las palabras de Elisabeth me devolvieron de nuevo a la dura realidad de Auschwitz. No importaba mucho retrasar la muerte de unos pocos si al final la muerte de todos sería segura.

María Mendel entró en el cuarto y pusimos fin a la conversación. Aquella temible mujer era capaz de romperte el alma con una simple mirada. No podía entender cómo las guardianas habían llegado a aquel grado de deshumanización, hasta que comprendí que simplemente nos veían como bestias a las que debían vigilar y exterminar si era necesario. Regresé despacio hasta mi barraca, por aquel día mi trabajo había terminado. Me paré ante mi barraca y respiré hondo antes de entrar. Cuando pasé y vi a todos los gitanos alemanes respiré aliviada, de haber llegado unos minutos más tarde a la oficina todos habrían sido eliminados al día siguiente. Mis hijos corrieron hasta mí al verme entrar. Blaz me hizo un informe detallado del día. Él era el encargado de cuidar a sus hermanos más pequeños. Al parecer, según me informó el mayor, Otis se había peleado con otro niño, pero enseguida los había separado su hermano. Además, los gemelos habían quitado a Klaus, un anciano de la barraca, sus muletas, pero todo había quedado en una travesura. Por último, la pequeña Adalia, como siempre, se había portado muy bien. Apenas se había separado de Anna en todo el día, que la trataba como si fuera su propia nieta.

Repartí algo de comida entre la gente, desde mi posición como enfermera era más fácil conseguir algo de pan, patatas y varias latas de sardinas. No era mucho, pero cada día se entregaba a una familia de la barraca. Después me senté un rato para charlar con Anna.

—¿Te encuentras bien? Te veo muy deprimida —me preguntó la anciana.

—Ha sido un día muy duro —le contesté sin querer entrar en detalles.

—Como todos. Aquí únicamente hay días duros.

—Sí, eso es cierto —le dije con aire ausente.

—Ya nos hemos enterado —dijo en tono suave, intentando que la gente de nuestro alrededor no nos escuchase. El campamento era como un pueblo, muchas noticias corrían como la pólvora.

—No he podido hacer nada por ellos —le contesté.

—Pero lo has hecho por nosotros. Tarde o temprano los matarían, los enfermos aquí no duran mucho. En la vida no siempre conseguimos lo que nos proponemos. Yo me crie en Frankfurt. Mi familia llevaba cientos de años siendo caldereros. Nos ganábamos bien la vida, pero de vez en cuando nos echaban de los pueblos porque alguien había perdido algo o se habían producido algunos robos. En un pueblito muy cerca de Frankfurt conocí a una maestra llamada María. Aquella mujer era un ángel y, con todo su buen corazón, un día se acercó a mi padre y le pidió que la dejara enseñarme a leer y escribir. Mi padre le contestó que me necesitaban para que les ayudara a fabricar los calderos, pero que si empleaba los domingos y las tardes en enseñarme, por él no habría problema. En poco más de un mes aprendí a leer y escribir. Ya era una jovencita de trece años, pero tenía una mente rápida y una gran curiosidad. Lo malo fue que un familiar nos trajo a su hijo y concertaron un matrimonio —me contestó.

—¿Con trece años? —le dije extrañada. Desde hacía tiempo no se permitían los matrimonios de mujeres menores de dieciséis años.

—Sí, bueno, realmente esperaron un año a que cumpliera los catorce, pero mi madre no me dejó ir más a la escuela. Tenía que aprender a cocinar, coser y otras tareas más adecuadas para las mujeres.

—Lo siento.

—No importa. Sufrí mucho con mi esposo, pero tuve cinco maravillosos hijos. Logré que todos estudiaran en la escuela, incluidas las niñas, pero no me ha servido de mucho. Los nazis han encerrado a la mayoría, no sé si sobrevivirá alguno.

—Gracias a lo que aprendiste, les pudiste dar una educación a tus hijos. Has logrado mantener unidos a los gitanos alemanes en el campamento y has salvado a mi familia. Te admiro Anna, no he conocido a muchas mujeres tan valientes como tú.

Los pequeños ojos de la anciana se humedecieron por unos instantes. Todas intentábamos mantener la serenidad para que los niños no sufrieran, pero en algunos momentos era casi imposible controlar los sentimientos.

Anna era una mujer muy sabia. Había logrado mantener unidos a los gitanos alemanes. Entre ellos se cuidaban como una gran familia. Me apoyé sobre su hombro para descansar un poco. Sentía que aquella tarde me había enfrentado al mal y lo había derrotado. El doctor Mengele me parecía la mezcla perfecta entre indiferencia y eficacia. Sabía que no era buena idea ponerse en contra a todo el campamento de los gitanos, pero anhelaba que sus superiores aprobaran su trabajo. Aquel era su punto débil, a diferencia del resto de los miembros de las SS, era capaz de perder en parte, si pensaba que con ello era posible mejorar la visión que tenían de él sus superiores o consideraba que sus subalternos le ayudarían a la hora de ejecutar su misión.

Mientras llegaba la cena me acerqué a los niños. Parecían encontrarse en mejor estado que unas semanas antes, pero cada vez les veía más delgados y sucios. Sabía que si caían enfermos no podría hacer mucho para salvarles. Ellos eran lo único que me mantenía con vida. Les abracé y al sentir sus delgados cuerpos junto al mío, deseé con todas mis fuerzas que volvieran a entrar en mis entrañas, formar con ellos parte de un todo, en esa simbiosis perfecta entre una madre y el niño que día a día se forma dentro de sus entrañas. Aquella noche les había salvado la vida una vez más. Tal vez me comportaba de manera egoísta, aunque yo no lo supiera. Una jornada más en Auschwitz significaba perpetuar la agonía de la muerte, mantener el alma cautiva de los barrotes crueles de la indiferencia de nuestros verdugos. La sonrisa de mis hijos me hizo olvidar el infierno de las últimas semanas. No quería pensar en lo que sucedería a la mañana siguiente, más de un millar de personas perderían la vida por el capricho de un doctor. Pero para ellos no éramos más que animales listos para ser sacrificados por un ideal superior. Malditas ideas que son capaces de volver viles a los hombres. Las madres no tenemos ideologías, nuestros hijos son nuestra única causa y patria; para los hombres, matar y morir por sus ideas era algo natural; para nosotras, asesinar por los ideales era la mayor aberración creada por el ser humano. Nosotras, como madres que habíamos sido capaces de generar vida, no podríamos nunca convertirnos en las cómplices de tantas muertes.

# 6

Auschwitz, mayo de 1943

A la mañana siguiente pidieron a los prisioneros de todas las barracas que no salieran a primera hora para ir al baño. A los médicos y enfermeras nos autorizaron a dejar las barracas, los SS sabían que nos necesitaban para que los pobres desgraciados que iban a ser eliminados ese día creyeran que realmente se les trasladaba a un hospital para curarlos del tifus. Mengele apareció conduciendo un coche negro descapotable, como si aquel día soleado y algo templado lo hubiera reservado para hacer un pícnic y no una matanza indiscriminada. Unos minutos más tarde entraron por la avenida media docena de camiones color verde oscuro con guardias de las SS, para intentar cargar rápidamente a todos los prisioneros de las barracas 9 a la 13. Parecían buitres carroñeros en busca de su ración diaria de carne. Los soldados, con los rostros tapados con máscaras antisépticas, se situaron frente a las dos primeras barracas y pidieron a los gitanos que salieran ordenadamente. Intentaron ser lo más amables posible, para que no hubiera resistencias. Nosotros permanecíamos en formación al lado del doctor Mengele, que no dejaba de tararear canciones mientras aquel ejército de desesperados pasaba ante nuestros ojos. Primero, aparecieron los más fuertes, hombres y ancianos que posiblemente no estaban infectados, pero que habían tenido la desgracia de estar en la barraca equivocada; después, personas enfermas y algunos de los presos sacaron en camillas a los más débiles, que fueron amontonados en un camión como troncos de madera, apilados unos sobre otros y sin recibir el trato como enfermos que necesitaban los máximos cuidados. Yo prefería no mirar aquel espectáculo lamentable, sabía que había logrado salvar a algunos cientos, pero a la vez me sentía cómplice de la muerte de todos aquellos desgraciados.

Una madre salió con sus hijos de la mano. Los tres chiquillos nos miraban con los ojos desorbitados por el hambre y la fiebre, uno se abalanzó hacia nosotros, pero los guardas, que llevaban máscaras y guantes, lo devolvieron a la fila entre golpes.

En el último barracón se produjeron más escenas de pánico. Seguramente les había llegado el rumor de que los enviaban a una muerte segura y muchos intentaron escapar sin éxito o lanzarse a las botas del doctor Mengele para suplicar por sus vidas. El oficial alemán continuó tarareando canciones hasta que todos los prisioneros estuvieron cargados en los camiones en dirección desconocida, que no podía significar otra cosa sino su eliminación inminente.

—Ahora les toca a ustedes. Tienen que seleccionar a todos los enfermos con tifus del hospital. No podemos dejar ningún foco de infección en el campo —comentó Mengele con una sonrisa.

Sentí un escalofrío que me recorría toda la espalda. La selección la harían los médicos, pero las enfermeras teníamos que estar presentes y llevar a los enfermos elegidos hasta la salida, donde los soldados se harían cargo de ellos. Primero recorrimos las barracas de los hombres. Una veintena fueron seleccionados, entre ellos un niño que tenía la misma edad de mi hijo Otis. Aquella criatura apenas había comenzado a caminar en la vida y en unos minutos dejaría de existir para siempre. El pabellón de las mujeres enfermas fue el escenario de situaciones aún más dramáticas, ya que varias de ellas tenían a sus bebés en la misma cama.

Una de las mujeres, una joven gitana morena de grandes ojos verdes, tiró de mi bata y entre susurros me dijo:

—El niño no está enfermo, por favor, cuídenlo.

Miré a Mengele, que se había entretenido con dos ancianas que el doctor Senkteller le discutía si tenían tifus o no, tomé al niño envuelto en una mantita blanca muy limpia, algo casi excepcional en el campo, lo llevé a la parte de atrás y lo dejé en una de las cunas. Aquello podía costarme el puesto e incluso la vida, pero era una madre, sabía lo que sentía aquella chiquilla que suplicaba por la vida de su niño.

La operación de desinfección se repitió hasta que la última barraca estuvo vacía y el último enfermo de tifus fue cargado en los camiones de las SS. Cuando los nazis abandonaron el campo se continuó con la rutina, pero una sombra de terror parecía envolverlo todo. ¿Quiénes serían los próximos? En aquel lugar infernal parecía que la vida humana no valía absolutamente nada.

El resto de la mañana lo tuve libre, ya que pedí permiso para estar con mis hijos. Tenía la necesidad de abrazarlos y pasar con ellos aquel trance, las desagradables sensaciones de la purga de enfermos me habían dejado con el ánimo por los suelos.

Por la tarde tuve que regresar al hospital, el doctor Mengele se había presentado de improviso y nos había convocado a una nueva reunión. Era extraño que viniera a esas horas, ya que en los últimos días le habían asignado la tarea de hacer las selecciones a los recién llegados en el andén de la estación. Sabíamos que aquello no podía ser nada bueno, pero al menos nosotros sabíamos a qué atenernos, mientras que la mayoría de los prisioneros estaban a su completa merced, ignorando lo que sucedería al día siguiente.

Caminé por la gran avenida junto a Ludwika. La enfermera parecía tan deprimida como yo cuando vimos a lo lejos la barraca de descanso de los doctores y enfermeras.

—No sé cuánto tiempo más podré resistir todo esto. Pensé que lograría acostumbrarme, pero desde que llegó el doctor Mengele todo ha empeorado —dijo casi echándose a llorar.

—¿Tú crees? Puede que sea mucho más drástico que su antecesor, pero al menos sabemos sus intenciones. Si pudiéramos convencerle de que la mejora del campo favorecería su carrera, creo que la cosas cambiarían notablemente —le dije, intentado animarla un poco.

—¿Piensas que la ambición personal es más fácil de manejar que el fanatismo? Yo creo que el doctor Mengele reúne las dos cosas en una.

—Será mejor que no adelantemos acontecimientos —dije mientras subíamos las escaleras de la barraca.

En el interior había casi una docena de personas, tres de ellas eran totalmente desconocidas para mí.

—Queridos colegas, dejen que les presente una nueva adquisición para el equipo, se trata de la doctora Zosia Ulewicz. Será mi asistente personal en el laboratorio que voy a abrir detrás de la Sauna. Berthold Epstein es un reconocido pediatra que nos apoyará con los niños. Ya saben que recibimos la inestimable ayuda del Instituto Káiser Guillermo de Berlín, y en especial de su director Von Verschuer. Tenemos que hacer una buena labor para seguir mereciendo su ayuda. Espero que estén dispuestos a trabajar duro, no olviden que ustedes son unos privilegiados en Birkenau —dijo

Mengele muy serio. Su voz intimidante hizo que se produjera un largo silencio.

El doctor tomó una hoja del escritorio y la agitó delante de nuestras caras.

—No han hecho bien su trabajo en esta mañana. Me habían asegurado que en la barraca 8 no había enfermos de tifus, pero yo personalmente he detectado esta tarde dos casos. ¿Saben lo que supone eso? Me obligan de nuevo a vaciar otra barraca. Si hicieran bien su trabajo, estas cosas no sucederían.

Nos quedamos todos petrificados, pensábamos que lo peor de la purga de enfermos había pasado, pero en Auschwitz nunca sucedían las cosas de una manera lógica, cada día era totalmente imprevisible.

—Mañana eliminaremos la barraca 8 y espero que no tenga que deshacerme de todo el campo gitano por su culpa. ¿Imaginan el disgusto que daría al doctor Robert Ritter si su colonia de gitanos es exterminada? Ya saben cómo el profesor ama sus teorías sobre el origen ario especialmente de los gitanos que se han mantenido puros desde su llegada de la India —comentó enfurecido.

Todos nos sentíamos desolados, el campo estaba totalmente aterrorizado y muchos nos miraban como los causantes de todas sus desgracias. Mengele sabía cómo lanzar las responsabilidades a la gente que tenía alrededor. Mientras que sus medidas drásticas le hacían destacar ante el doctor Wirths, nosotros éramos los que teníamos que elegir a los que debían vivir o morir entre los enfermos del hospital.

El doctor nos despidió sin muchos miramientos. No le preocupaba nuestro estado de ánimo, únicamente le interesaba la eficacia que pudiéramos emplear en el trabajo asignado. Estaba cruzando el umbral cuando la voz suave de Mengele me dejó paralizada.

—Enfermera Helene Hannemann, quédese unos minutos, por favor.

Ludwika me miró sorprendida, no era una buena señal que el doctor quisiera hablar conmigo a solas. Comencé a temblar mientras me aproximaba a pequeños pasos hasta él. Temía que la decisión de librar a la barraca 8 ahora se volviera en mi contra, pero estaba dispuesta a afrontar las consecuencias. Lo único que me preocupaba eran mis hijos, aunque estaba convencida de que Anna se haría cargo de ellos si a mí me sucediera algo.

—Imagino que toda esta situación la habrá puesto muy nerviosa. He investigado su caso particular, necesitaba corroborar algunas cosas. Su pureza racial es envidiable, sus padres son dos miembros muy activos en la comunidad, aunque por desgracia no están inscritos en el Partido. Pensará que soy un monstruo, pero no es cierto. Únicamente intento actuar de una manera lógica y eficaz. Y sabrá que en Auschwitz los recursos son muy limitados y las enfermedades no dejan de extenderse por todas partes. Imagino que no aprueba mi decisión para atajar esta plaga de tifus, pero nada más dejo que la naturaleza haga su selección: los más débiles mueren y los más fuertes sobreviven —dijo, dando una de sus largas peroratas seudocientíficas.

Yo me mantenía en silencio con la cabeza agachada, sabía que le molestaba que le miraran directamente a los ojos, en especial los prisioneros. De una manera inesperada, noté cómo con sus dedos sostenía mi barbilla y la levantaba.

—Admiro su valentía, no entiendo el sacrificio por sus hijos mestizos ni por qué se casó con un zíngaro, pero enfrentarse a todo esto usted sola... Con su actitud ha demostrado una gran entereza, por eso pienso que es la persona idónea. Muchos de los prisioneros gitanos la admiran y la respetan. Tiene dotes de organización y sabe mantener la disciplina, según me han contado sus superiores. Por eso deseo que sea la directora de la *Kindergarten* que voy abrir en Auschwitz. No quiero que los niños gitanos y los gemelos sufran tantas privaciones.

Al principio no entendí a qué se refería. No podía ni imaginar que alguien se plantease crear una guardería en Auschwitz. En el poco tiempo que llevaba en el campo de concentración únicamente había observado desolación y muerte. ¿Por qué quería el doctor Mengele abrir una guardería en un lugar como este? Dudaba de sus intenciones altruistas, no me parecía un hombre generoso ni sentimental, su carácter era más bien práctico y no mostraba mucha compasión por nadie que no fuera ario.

—¿Quiere que dirija una guardería aquí? —le pregunté, intentando creerme sus palabras. Aquella idea me parecía una broma macabra. ¿Cómo íbamos a cuidar a niños en estas condiciones? ¿Qué podíamos ofrecerles?

—Sí, le pido que lo piense. Les traeré todo el material necesario, comida para los niños, ropa nueva, leche, películas infantiles. Por lo menos, ellos no sufrirán como el resto de los internos.

—Lo pensaré —dije sin saber cómo reaccionar.

—Espero una respuesta mañana antes del mediodía —me dijo sonriente, como si de alguna manera supiera que no me podía negar.

Salí de la barraca como si caminase en una nube. Podía hacer algo realmente positivo por los niños del campamento y al mismo tiempo salvar a mis propios hijos. No sabía a qué se debía ese cambio repentino de Mengele, pero no podía negarme. Lo primero de todo eran los niños. Cuando llegué enfrente de la barraca 14 y vi a todos los niños con sus ropas sucias y sus cuerpos delgados correteando por la barraca, soñé con aquella guardería. Me encargaría de que fuera la mejor que se había abierto jamás en un campo de concentración. Por fin entendía por qué el destino me había llevado a

Auschwitz, todo comenzaba a tener algo de sentido. La separación de mi esposo, los primeros días terribles y angustiosos, habían merecido la pena. Ahora podía llevar algo de esperanza al campo gitano de Birkenau. Mantener al mayor número de niños con vida hasta que finalizase aquella horrible guerra. Mi esposo me había comentado que en una ocasión había escuchado a Himmler decir por la radio que todos los gitanos serían llevados después de la guerra a una reserva, donde podrían vivir según sus costumbres ancestrales sin ser molestados. Todo aquello parecían castillos en el aire, pero aquel día tocaba soñar. Ahora tenía como misión sagrada salvar a los niños gitanos de Birkenau, pero sobre todo devolverles las ganas de vivir en medio de toda aquella muerte.

# 7

Auschwitz, mayo de 1943

La primera persona a la que acudí para pedir consejo fue Anna. Además de ser una anciana juiciosa y tener un gran corazón, parecía una mujer perspicaz y poco manipulable. En Auschwitz no era muy fácil pensar con claridad. Los sentimientos parecían anestesiados, pero al mismo tiempo todo el ambiente era asfixiante e impedía que vieras las cosas con cierta perspectiva.

Aproveché uno de los pocos momentos tranquilos de la tarde en los que la anciana se sentaba en la entrada de la barraca y me puse a su lado. Anna me miró con una expresión de infinito amor. Sus ojos vidriosos surcados por profundas arrugas parecían adivinar cuáles eran mis preocupaciones.

—¿Qué te inquieta? —me preguntó la anciana antes de que le contase nada.

—Estos días han sido muy difíciles para mí. Además de las liquidaciones de los barracones, los SS nos han obligado a seleccionar a los prisioneros infectados de tifus para sacarlos del campamento.

Nadie nos ha informado de lo que les harán, pero todos sabemos que no los han trasladado al campamento médico. Se los llevaron en camiones y ninguno de ellos ha regresado con vida del sitio al que los llevan —comenté compartiendo mi inquietud.

—Muchos han muerto y otros muchos morirán. Los nazis no nos trajeron hasta aquí para cuidarnos, lo único que quieren es controlarnos y si les molestamos nos matarán. No deseo que te hagas ilusiones, aunque tú, al ser alemana, tienes algunas oportunidades más que nosotros para sobrevivir. Esos racistas nos ven como poco más que bestias, para ellos tú eres únicamente una mujer de raza aria que se ha vuelto loca al venir con sus hijos gitanos a este campamento —contestó la anciana con tono suave.

Me gustaba mucho que Anna tuviera esa capacidad de ser optimista dentro de su realismo. No se engañaba a sí misma, como lo hacían otros muchos prisioneros. Cuando uno llega a cierta edad, la vida no es capaz de sorprenderte o confundirte por completo. Los gitanos habían sido perseguidos casi desde su llegada a Europa quinientos años antes. Reinos, imperios y leyes los habían intentado exterminar o asimilar, pero, mientras que todos aquellos habían desaparecido, los gitanos seguían viviendo igual que hacía más de medio milenio.

—El doctor Mengele me ha ofrecido abrir una guardería en el campamento y dirigirla —le dije sin poder esperar más.

Anna no pareció sorprenderse. Aunque la idea pudiera parecer muy descabellada, una broma de mal gusto con la que los nazis querían reírse una vez más de nosotros, la anciana apenas reaccionó, se limitó a mirarme fijamente a los ojos y decir:

—A qué esperas para hacerlo. Nada peor puede suceder a estos niños. Al menos tendrán un lugar en el que jugar, estar recogidos y olvidarse en parte de este maldito lugar. Desde que te vi la primera vez supe que Dios te había enviado para aliviar en parte nuestro dolor. Parecías perdida, confusa y asustada, pero en el fondo de esa mirada había una gran determinación.

No contesté a la mujer, me limité a abrazarla y comencé a llorar. Por primera vez desde que estaba en Auschwitz no lo hacía por desesperación, rabia o miedo, simplemente la tensión de los últimos días me había destrozado el corazón. Nunca había pensado que tener en tus manos la vida o la muerte de otras personas fuera aún más terrible que sentirte tú misma en peligro. No me fiaba del doctor Mengele. Desde su llegada, las cosas en el campamento habían empeorado, pero tal vez de alguna manera podría utilizar su vanidad para ayudar al resto de los prisioneros. Era un juego arriesgado, pero estaba dispuesta a asumir el peligro. Los niños tendrían un lugar limpio, seco y caliente donde estar, mejorarían su alimentación y su estado de ánimo. Merecía la pena intentarlo.

A pesar de mi determinación, decidí ir hasta la barraca donde dormían los médicos y enfermeras para hablar con Ludwika. Ella llevaba más tiempo que yo en Auschwitz y había trabajado con las SS. Tal vez podría darme una segunda opinión sobre el asunto, antes de tomar una decisión definitiva.

Cuando subí las escaleras de la barraca y entré me sorprendió ver las buenas condiciones en las que vivían mis compañeros. Naturalmente, no había lujos en su barraca, pero tenían camas con colchones, sábanas y mantas limpias, una mesa para comer, una pequeña estufa de madera en lo que hacía de salón. Además, comían alimentos que el resto de los prisioneros casi ni se habían atrevido a soñar desde su llegada al campamento.

Una de las nuevas doctoras, Zosia, la ayudante de Mengele, estaba leyendo un libro médico a la luz de un candil. Los libros eran otro de los privilegios que tenían los doctores.

—¿Dónde está Ludwika? —pregunté a la mujer.

La doctora judía apartó por unos instantes sus ojos del libro y, con un rostro algo molesto, me dijo en perfecto alemán:

—¿Fue suya la idea de salvar al bebé? Lleva casi dos días con nosotros en la barraca, si a los SS se les ocurre venir a investigar nos matarán a todos. El doctor Mengele dejó muy claro que había que eliminar a todos los enfermos de tifus y a aquellos que hubieran mantenido contacto con ellos. Ludwika tiene al bebé en nuestro cuarto, se queda casi todo el día solo hasta que regresamos por la tarde, cualquiera puede escuchar su llanto. Será mejor que se lleve al niño de inmediato.

No esperaba aquella reacción. No culpaba a Zosia de tener miedo, yo también lo tenía, pero hasta ese momento había encontrado en todo el personal médico judío un profundo amor por la vida y la determinación de darlo todo por sus enfermos. Ludwika salió del cuarto al escucharnos hablar. Llevaba al bebé en brazos y, con el ceño fruncido, se acercó hasta la otra mujer y dejó al niño en su regazo.

—Llévalo ante las SS. Ya sabes lo que harán con él. ¿No es eso lo que quieres? Puede que ninguno de nosotros salga de este lugar con vida, pero lo que no voy a permitir es que los nazis destruyan mi alma. Mientras me quede un mínimo atisbo de humanidad arriesgaré la vida por los demás.

Las palabras de la enfermera polaca parecieron penetrar en lo más profundo de la doctora, que, al tener al bebé en sus brazos, agachó la cabeza y comenzó a sollozar. Después lo apretó fuerte contra su pecho y empezó a susurrar un nombre. Nos quedamos mirándola, como si no lográramos comprender qué estaba haciendo, pero enseguida caímos en la cuenta de lo que sucedía.

—Perdí a mi bebé al llegar a Auschwitz, me lo arrebataron de las manos. Me dejaron con vida porque era doctora, pero el niño fue eliminado. Hasta este momento no dejaba de decirme a mí misma: «¿Por qué este niño debía vivir y el mío morir?». Me sentía rabiosa, pero ahora he visto que únicamente es un bebé. Un dulce, pequeño e indefenso recién nacido. Dios mío, ¿hasta cuándo viviremos en esta pesadilla?

La doctora comenzó a moverse hacia atrás y hacia delante con el niño en brazos, como si estuviera soportando un gran dolor, hasta que la enfermera le quitó el bebé e intentó dormirlo.

—Yo puedo llevarme al bebé. La doctora tiene razón, si lo ven aquí puede causaros problemas. En nuestra barraca hay decenas de niños, pasará desapercibido. Además, me ha ofrecido llevar la dirección de una guardería en el campamento —comenté con una sonrisa.

Las dos mujeres me miraron sorprendidas. Primero porque era muy poco común ver sonreír a alguien en Auschwitz, los únicos que se permitían ese lujo eran los niños y nuestras guardianas, aunque la sonrisa de las carceleras y los SS encerraban algo maligno, como una especie de mezcla de indiferencia y desprecio.

—¿Una guardería en Auschwitz? —preguntó boquiabierta Ludwika.

—Sí. Una guardería con columpios, paredes pintadas, películas de dibujos animados, comida, leche y todas las cosas que necesiten los niños —le contesté eufórica.

Cada vez que repetía la noticia me sentía más eufórica, como si comenzase a creer de veras que algo así podía suceder. Podía casi imaginar cómo adornaríamos el lugar, los lápices de colores, los cuadernos de espiral, una pizarra verde y las tizas. Los niños desayunarían un buen tazón de leche mientras les contábamos una historia que les hiciera olvidar dónde se encontraban.

—¿Quién ha autorizado eso? —preguntó Ludwika sorprendida.

—El doctor Mengele me lo propuso hace unas horas —le contesté.

—¿El doctor Mengele es el que lo ha propuesto? —preguntó Zosia muy sorprendida.

—Sí, el mismo. No podía creer que los alemanes hicieran algo así en este lugar —les contesté totalmente eufórica.

Las dos mujeres no parecían muy entusiasmadas. Lo achaqué a su larga estancia en Auschwitz, este sitio era capaz de vaciar el corazón más repleto de amor del mundo.

—¿Qué le has contestado? —preguntó la enfermera polaca.

—No le he contestado aún, quería saber tu opinión —dije a Ludwika.

—Mi opinión no importa. Esos niños tendrán una vida mejor y creo que esa es suficiente razón para aceptar. Por mi parte, te ayudaré en todo lo que necesites —contestó muy seria, con el niño aún en los brazos.

Me abalancé sobre ella y la abracé. La doctora me miró desde su silla y noté cierto temor en sus ojos. Imaginé que para una madre que había perdido a su bebé no era fácil hablar sobre otros niños y una guardería. Después tomé al bebé en los brazos y pedí a mi amiga que me diera sus cosas, esa misma noche le llevaría a mi barraca.

—Pensaba quedármelo otra noche, pero es mejor que te lo lleves. No es buena idea amar a nadie en este lugar. En el campamento desaparece siempre todo aquello a lo que te aferras, por eso es mejor no atarse a nada —dijo muy seria Ludwika.

La mujer fue al cuarto y sacó las pocas pertenencias del bebé. Después me colocó en el hombro una especie de mochila con pañales, ropa, un viejo sonajero y una mantita.

—Muchas gracias por vuestra ayuda. Estoy impaciente por ver a Mengele mañana y darle mi respuesta —dije mientras salía de la barraca.

No era un mujer que me dejase llevar por ilusiones, pero he de reconocer que aquella noche, por primera vez desde mi llegada a

Auschwitz, sentía algo parecido a la alegría. Mis pies comenzaron a caminar por la avenida embarrada y, cuando llegué a la barraca 14 con el bebé en brazos, un grupo de mujeres hizo un corro alrededor de mí. Era increíble que un bebé en un lugar como aquel levantara la misma expectación que en cualquier parte del mundo, una mezcla de ternura y amor.

Mis hijos se acercaron y se pusieron a mirar al bebé. Al final, la pequeña abrió mucho sus grandes ojos claros y dijo:

—¿Has tenido un bebé? ¿Este es mi nuevo hermanito?

Todas las mujeres se echaron a reír, aunque aquella noticia no pareció alegrar mucho a los gemelos, que se cruzaron de brazos muy enfadados.

—No cariño, este es un bebé que no tiene mamá y vamos a cuidar unos días —le contesté.

Anna tomó al niño en brazos y comenzó a acunarlo. Poco a poco la gente regresó a sus camastros.

—Yo dormiré con él esta noche. Tú tienes que descansar —dijo la anciana.

—¿Estás segura? —le pregunté. No era fácil dormir con un bebé, Anna ya era una mujer muy mayor y el campamento había mermado mucho sus fuerzas.

—Será un placer sentir de nuevo junto a mí la piel de un bebé. Tuve cinco hijos, he visto partir a tres, espero no tener que sobrevivir a ninguno más. Nos atraparon a todos mientras nos dirigíamos a Eslovaquia. Teníamos familia allí, pero unos campesinos nos denunciaron a los soldados muy cerca de la frontera. Un par de horas más y nos habríamos librado de este suplicio. Dos de mis hijos lograron huir con la confusión de la llegada a un campo improvisado donde los nazis reunían a judíos, homosexuales y gitanos. Después nos enviaron en un tren hasta Auschwitz I. Cuando llegamos nos dejaron nuestras ropas, pero nos raparon a todos el pelo. Allí la vida era un poco mejor. Los edificios de ladrillo al menos nos quitaban en parte el frío, pero a finales de marzo nos trajeron aquí y nos unimos a los compañeros que estaban terminando de construir las barracas. Tuvimos la desgracia de ser los primeros ocupantes —dijo la mujer con un gesto de tristeza que me quitó el aliento.

En cuanto los sentimientos afloraban, todas nosotras parecíamos derrumbarnos. La única forma de sobrevivir en un sitio como este era intentar pensar lo menos posible y anestesiar los sentimientos.

Los niños y yo fuimos a nuestro camastro. Los tres pequeños me rodeaban como los polluelos recién nacidos persiguen a su madre. Los dos mayores se mantenían a una pequeña distancia, deseosos de contarme sus aventuras, aunque sabían que debían esperar a que los pequeños se durmiesen.

—Hoy ha sido un día muy interesante —dijo Otis muy serio. A veces parecía mayor de lo que era, con aquella postura y los gestos de sus manos.

—¿Muy interesante? ¿Qué ha pasado? —le pregunté intrigada. Me había hecho gracia su expresión de niño grande.

—Mi grupo de amigos y yo hemos estado inspeccionando la parte de atrás de la Sauna. Unos hombres que olían a hollín y humo llegaban del otro lado de la alambrada. Entraron en la Sauna y se ducharon. Nos quedamos afuera mirándolos, parecían muy tristes y cabizbajos, uno de ellos me tocó el pelo al pasar. Se llamaba Leo, no era muy viejo, creo que tenía dieciocho años.

Me sorprendió el relato de mi hijo, ya había escuchado que algunos miembros del campo usaban nuestras duchas, al parecer eran de las pocas que tenían agua caliente en Birkenau.

—Uno de mis amigos les preguntó si eran panaderos. Los hombres contestaron con una ligera sonrisa que sí y mi amigo les dijo que el pan que hacían estaba muy malo. Los hombres comenzaron a reír y salieron escoltados por los SS de nuevo hacia las casas del fondo.

Aquella historia parecía más inquietante que divertida. Todos sabíamos lo que se rumoreaba en el campo, pero preferíamos no dar muchas vueltas al asunto, a veces es mejor ignorar ciertas cosas. Algunas jovencitas eran obligadas a prostituirse por un poco de comida. Los kapos escogían a las que estaban solas, para que la familia no fuera un impedimento, ya que para los gitanos la virginidad era sumamente importante.

Yo misma tuve que someterme a la prueba del pañuelo en la fiesta anterior a mi noche de boda. Aunque no era gitana, tenía que demostrar a la familia del novio que no había habido otro hombre antes que él. Fue algo humillante, mis suegros sabían que desde muy jovencita había querido a Johann, nada ni nadie me habría robado lo que yo quería entregarle a mi esposo.

Cuando Otis se quedó dormido en mi regazo, Blaz comenzó a contarme su día. El mayor no dejaba de sorprenderme. Además de estar siempre vigilando a los más pequeños, su capacidad para enfrentarse a una situación tan dura como la que estábamos viviendo me tenía admirada.

—Estos críos no saben tener la boca cerrada, es mejor que no sepamos qué pasa en esas casas del fondo —dijo el mayor.

—Eso es cierto —le contesté.

—Entonces ¿es verdad lo de la guardería? —me preguntó.

—¿Cómo lo has sabido? —dije extrañada.

—Ya ha corrido el rumor. Ya sabes que aquí no es fácil guardar un secreto —comentó muy serio.

—¿Qué te parece la idea? —le pregunté.

Se quedó por unos instantes pensativo. Blaz era un niño muy reflexivo y no le gustaba contestar sin pensar mucho las cosas.

—¿Tú crees que ellos lo permitirán? —me preguntó mientras sus grandes ojos negros comenzaban a desaparecer en la oscuridad que comenzaba a cubrir la barraca.

—Ellos me lo han pedido —le contesté.

—Los nazis nunca hacen nada por nada, ya averiguaré qué pretenden.

La reflexión de mi hijo me sorprendió. De alguna manera había captado el espíritu que movía aquel inmenso campo. Aunque no entendiésemos la mecánica de Auschwitz, todo tenía un porqué, perseguía una meta. Nosotros éramos únicamente parte del engranaje, pero el mecanismo era mucho más grande y complejo. En eso tenía razón mi hijo, nada se hacía sin un propósito claro. Alguien más arriba de Mengele le había autorizado para crear una guardería, el doctor tenía que haberle dado una buena razón. En plena guerra no era sencillo conseguir todo el material que íbamos a necesitar.

—No investigues nada —dije a mi hijo, aunque sabía que en esta ocasión no me iba a obedecer.

—No te preocupes. Te ayudaré en todo lo que pueda. ¿Ya has pensado qué edades admitirás en la guardería? —me preguntó.

—Todo ha sido muy rápido, todavía no he planificado nada. Mañana va a ser un día muy largo, será mejor que nos durmamos —le contesté.

—Sí, estoy agotado —contestó mi hijo dándome un beso en la mejilla.

—Te quiero, Blaz —le dije mientras le tapaba con la manta.

—Yo también te quiero, mamá —respondió sonriente.

Me recosté un poco intentando descansar, pero mi mente no dejaba de dar vueltas a todos los detalles. Aquella noche no pensé en mi marido, al que llevaba semanas sin ver, tampoco en la situación de los niños ni en comida, lo único que ocupaba mi mente era aquel proyecto. *Una guardería en Auschwitz,* me dije, parecía una broma macabra, pero por otro lado quería creer que era posible. Podía salvar a los niños del campamento, sacarlos aunque fuera por unas horas al día de la barbarie que les rodeaba. Merecía la pena intentarlo. Como madre, sentía que se lo debía a mis hijos, pero también al resto de los niños que vagaban por el campamento medio desnudos, hambrientos y con la mirada rota por el sufrimiento.

# 8

Auschwitz, mayo de 1943

Aquella mañana esperé impaciente la llegada del doctor Mengele.
Apenas había podido dormir. Cuando nos llamaron para el recuento vestí rápidamente a los niños y, tras tomar el pestilente café, me
dirigí a la barraca médica. Normalmente no llegaba tan temprano,
pero no quería perder ni un segundo más. Anna se había quedado
con el bebé al que decidimos llamar Ilse. Ninguna de nosotras
había logrado averiguar su verdadero nombre. En cierto sentido
Ilse era la primera niña de la guardería, ahora podíamos cuidar y
proteger a los niños.

Escuché el motor de un vehículo y me asomé desde la barandilla. Apareció Ludwika y se puso a mi lado, apoyando su brazo
en mi espalda. *Nunca he deseado tanto ver al doctor Mengele*, pensé
mientras el coche militar se detenía al lado de la barraca. Una
ligera llovizna nos empapaba, pero en aquel momento lo único
que percibía era un hormigueo que recorría casi por completo mi
espalda.

El doctor Mengele caminó con paso firme por el barro. Sus botas negras relucían y su uniforme parecía recién planchado. Llevaba la gorra calada y una expresión de indiferencia que me hizo estremecer. Subió las pocas escaleras que nos separaban tarareando una canción y nos miró con cierto desdén. Después nos saludó brevemente y se introdujo en el edificio para cambiarse.

No me atreví a detenerle, normalmente debíamos esperar que los SS se dirigieran a nosotras. Un par de minutos más tarde apareció de nuevo en la escalera con una bata blanca y una plantilla metálica con unos pocos folios blancos.

—*Frau* Hannemann, ¿sería tan amable de acompañarme? —me preguntó el doctor Mengele sin apenas mirarme.

Caminamos en silencio hasta la barraca 32. Notaba el corazón desbocado y me faltaba el aire. El doctor me cedió el paso y entré en el laboratorio. Muy pocos del equipo médico habían penetrado en los dominios de Mengele, únicamente sus ayudantes más directos. El doctor era muy celoso de sus experimentos y trabajos.

—Imagino que ya tiene una respuesta para mi proposición —dijo mientras depositaba la plantilla sobre la mesa. Después se giró y me miró directamente a los ojos.

El doctor no parecía el típico oficial de las SS de ojos azules y pelo rubio. Algunos de sus colegas, según los rumores que corrían por el campo, le llamaban «el gitano», por su pelo negro y sus pupilas oscuras.

—Por eso quería verle —contesté con la voz entrecortada. Me costaba coordinar las palabras, como si cada sílaba fuera importante, temía que el oficial hubiera cambiado de opinión.

—Usted dirá... —comentó Mengele dejando la frase inconclusa.

—Me gustaría asumir la responsabilidad de abrir una guardería en Auschwitz, pero tendrá que facilitarme el material necesario. No quiero que sea un sitio en el que guardar niños, mi idea es abrir una espacio para que los bebés y los más pequeños se olviden de la guerra y de las privaciones que tienen que sufrir —le dije con un tono firme, como si al final hubiera logrado templar los nervios.

—Naturalmente. Cuando le hice la propuesta hablaba en serio. Tendrá todo el material que necesite. Quiero que los niños estén bien cuidados, que no les falte nada. Puede contar con dos o tres ayudantes. Hace unos días han llegado algunas enfermeras nuevas, les pediré que vengan a verla esta tarde. El material comenzará a llegar a partir de mañana —dijo Mengele sonriendo por primera vez.

Aquella sonrisa siempre aparecía cuando lograba salirse con la suya, tenía algo de pícara e infantil, pero indicaba que aquel día se encontraba de muy buen humor y no corrías ningún peligro a su lado.

—Muchas gracias —acerté a decir.

—No tiene nada que agradecer. Sé que muchos de ustedes piensan que somos una especie de monstruos, puede que tengan razón, pero eso es simplificar mucho las cosas, ¿no cree? Perseguimos un ideal, tenemos una misión, no es fácil cumplir con el deber, pero siempre es gratificante. Mientras yo esté destinado aquí, esos niños tendrán un tratamiento exquisito. Se lo aseguro —dijo Mengele, soltando uno de sus pequeños discursos sobre el deber y el sacrificio.

—¿Dónde instalaremos la guardería? —pregunté impaciente.

—Hemos liberado las barracas 27 y 29, creo que le podrán servir —me contestó.

Aquello era más de lo que esperaba. Podríamos abrir una guardería y una pequeña escuela infantil. Dos barracas era un ofrecimiento más que generoso. Calculé rápidamente que podíamos albergar a casi cien niños.

—Usted y su familia vivirán en la barraca 27, creo que podrá ocuparse mejor de los hijos de los demás si no tiene que estar pensando en los suyos. Me he informado de que tiene cinco hijos, entre ellos una pareja de gemelos —comentó Mengele.

Por alguna razón que no podía explicar, la afirmación del doctor me puso muy nerviosa. De alguna manera, mis hijos eran mi debilidad, el oficial de las SS era consciente de que una madre es capaz siempre de hacer cualquier cosa por sus hijos.

—Muchas gracias, *Herr Doktor*.

—De nada. Ahora tengo que continuar con mi trabajo. Las llaves de las barracas son estas. No quiero que le roben el material antes de que abra la guardería —comentó Mengele.

Cuando salí al aire libre noté el ambiente cargado por el humo. Si el viento soplaba hacia el campo, la atmósfera se hacía casi irrespirable. Cuando llegué al pabellón médico, Ludwika me estaba esperando. Después nos dirigimos juntas a las barracas del hospital femenino. La enfermera polaca parecía impaciente por saber lo que había sucedido, pero no se atrevía a preguntar.

—Mañana abrimos la guardería. Nos han cedido las barracas 27 y 29 —le dije, señalando con el dedo los edificios que se encontraban justo enfrente de los del hospital.

—Podremos echarte una mano. Estamos justo delante de la futura guardería —dijo Ludwika.

Nos abrazamos brevemente. Aquellos gestos de cariño eran muy escasos en el campamento. Cuando entramos en la barraca me presenté delante del doctor Senkteller. Tenía que informarle que a partir del día siguiente dejaba de trabajar en el hospital para dirigir la guardería.

—Una guardería. Qué idea más fantástica. Se me cae el alma a los pies cada vez que veo a los niños todo el día entre el barro sin nada que llevarse a la boca —comentó el doctor Senk-teller.

—Gracias, espero ser capaz de levantar una guardería en un sitio como este —le contesté.

—Claro que será capaz —dijo el doctor poniendo su mano sobre mi hombro.

La mañana me pareció interminable. Estaba deseosa de contarle todo a Anna y mis hijos. Después de las últimas selecciones del doctor Mengele, el número de enfermos se había reducido drásticamente. Muchos temían acudir al hospital con el temor de que se deshicieran de ellos.

Aquella última tarde de mayo llegaron al campo gitano casi cuatro mil prisioneros más. Los edificios comenzaron a llenarse de nuevo y el breve equilibrio de las últimas semanas volvió a romperse. Los recursos eran más o menos los mismos para diez mil prisioneros que para quince mil. La llegada de los nuevos suponía menos comida, menos espacio y más enfermedades.

Cuando, tras el trabajo, entré en la barraca 14, doscientas personas más ocupaban el suelo y las pocas camas libres.

Anna estaba con el bebé y mis hijos intentaban matar el tiempo delante de la barraca. Algunos de los niños nuevos se habían juntado con ellos. Para los pequeños era más fácil que para nosotros acoger a los recién llegados.

—Han llegado nuevos prisioneros —dijo Anna al verme, como si no fuese algo evidente. Parecía muy cansada, como si poco a poco su cuerpo estuviera avisándole de que la vida se le escapaba y pidiera desesperadamente descansar. Anna había vivido épocas mejores, pero casi toda su existencia había sido una interminable preocupación. Pensé que todo aquel esfuerzo había sido en vano. Si todos sus hijos y nietos morían ya no quedaría memoria de la anciana ni de su estirpe.

—Imagino que no serán los últimos —le contesté.

—En nuestra barraca se han incorporado pocos, pero las demás están completamente llenas —me comentó mientras me pasaba el bebé.

—¿Hay muchos niños nuevos? —le pregunté.

—Sí, son de Bohemia, Polonia y otras partes. Han traído un orfanato completo que dirigían unas monjas polacas —me comentó.

—No sé cómo vamos a sobrevivir —dije desanimada. Parecía que, en cuanto las cosas comenzaban a mejorar, de repente llegaban las complicaciones.

—¿Qué ha pasado con el doctor Mengele? —me preguntó Anna impaciente.

—Tengo buenas noticias. Abriremos la guardería. Mañana comienza a llegar el material, también unas colaboradoras, nos han cedido los pabellones 27 y 29 —le dije eufórica.

Anna comenzó a decírselo a todas las mujeres que teníamos alrededor. Algunas bailaban de alegría y otras me abrazaban.

—¡Qué buena noticia! ¿Necesitas ayuda? Es nuestra hora libre. Podríamos ir a las barracas y limpiarlas —comentó Anna.

Prefería organizar las cosas bien. Si los SS veían a medio centenar de gitanas en las barracas podían quejarse a la dirección y hacer que nuestro sueño de tener una guardería se esfumase.

—No, yo iré mañana con algunas mujeres para arreglarlo todo.

—Tienes razón, perdona a esta pobre vieja que se entusiasma con mucha facilidad —dijo Anna algo seria.

—Necesitaré tu ayuda, pero al principio es mejor que intentemos que las cosas funcionen bien —le dije acariciándole el rostro.

—Hay más buenas noticias. Se ha organizado una banda de música en el campo gitano. Podrán tocar algunos días a la semana.

A nosotros nos encanta cantar y bailar —dijo Anna algo más alegre.

—Es maravilloso. Las cosas poco a poco comenzarán a mejorar. Puede que muchas de las vicisitudes que hemos pasado al principio sean fruto de la improvisación y la prontitud con la que se ha construido Birkenau. Todo va a ir mejor a partir de ahora —le comenté totalmente eufórica.

Me aparté con el bebé en brazos a donde estaban mis hijos. Blaz se acercó muy contento, llevaba en las manos un pequeño violín, parecido al que su padre le había regalado unos años antes. Mi hijo mayor sabía interpretar magistralmente y, aunque no tenía el don de su padre, era un buen músico.

—Mamá, me he apuntado en la banda y me han aceptado. Esta mañana hice la prueba, el director me ha regalado el violín —dijo con los ojos brillantes de emoción.

—Estupendo, parece que es un día cargado de buenas noticias —le contesté.

—Sabes que voy a echar de menos esto —comentó el mayor, señalando la barraca. Era increíble que fuéramos capaces de acostumbrarnos a ese tipo de vida e incluso añorar tanta miseria y dificultades.

—Podréis venir siempre que queráis —le comenté.

Otis se abrazó a mi cintura, luego puse la mano sobre su frente y noté que estaba un poco caliente. Uno de mis peores temores era que mis hijos se pusieran enfermos. En el hospital no había medicinas y no se permitía que los enfermos estuvieran más de diez días en cama. Después de ese periodo eran dados de alta, ya fuera para que regresaran a sus barracas o para partir en una de las selecciones que hacía el doctor Mengele.

Después de la cena nos acostamos. Toda la familia estaba un poco inquieta, ya que era la última noche que pasábamos en la barraca 14. Unas semanas antes, la gente de aquel sitio nos había salvado la vida. Me sentía muy agradecida por todo lo que habían hecho por nosotros, pero a partir del siguiente día viviríamos en la parte trasera de la guardería.

La noche anterior apenas había descansado, por eso no tardé en dormirme. Soñé con mi esposo Johann. Los dos corríamos por un bosque primaveral repleto de flores. Imagino que de alguna manera mi alma quería regalarme aquellos bellos recuerdos. Estábamos de vacaciones de Semana Santa y mi padre nos había permitido ir en tren al campo. Me pasé la noche anterior preparando algo de comida y a primera hora corrí hasta la estación para no perder ni un segundo. Johann ya estaba esperándome con su sonrisa de siempre. Estuvimos agarrados de la mano todo el trayecto y, aunque no dejaba de observar las caras de extrañeza que ponía la gente al vernos, intenté atrapar ese momento único e irrepetible. Cuando llegamos al encantador pueblecito de montaña comenzamos una larga caminata de tres horas. Me pesaba la mochila, pero disfrutaba a cada paso. Por un instante nos imaginé como aquel primer Adán y su esposa Eva. Solos en el mundo. Sin miradas airadas, sin murmuraciones al vernos pasar ni los insultos de los nazis que escupían a los zapatos de Johann al verle de la mano de una mujer alemana. Ascendimos por un sendero estrecho, atravesamos unos riscos y de repente una inmensa pradera se mostró ante nuestros ojos. Era uno de los lugares más bellos que había visto nunca. Colocamos una manta a la sombra de un alto pino y sacamos la comida y un poco de vino dulce.

No sé las horas que pasamos allí solos, pero llegamos a la estación de noche. Al final del sueño, la hermosa pradera comenzaba a marchitarse, las flores se doblaban mientras el cielo plomizo amenazaba tormenta. Aquel vergel se transformaba poco a poco en un terrible cementerio de muertos vivientes. Las alambradas crecían del suelo como mala hierba y el agua comenzaba a estancarse y tomaba un tono rojizo a sangre. Me desperté sobresaltada. Era la primera vez que había tenido un sueño agradable desde que me encontraba en Auschwitz, sin duda, mi mente comenzaba a relajarse. Aunque aquel terrible final me había recordado de nuevo dónde nos encontrábamos. Decidí que antes de dirigirme a la guardería iría a ver a Elisabeth Guttenberger, la secretaria del campo. Quería saber si alguien podría informarme de dónde se encontraba mi marido. También debía llevarle una lista con todo lo necesario para poner en marcha la guardería. El doctor Mengele había hecho una petición de cosas básicas, pero necesitaríamos mucho más para poder poner en marcha la guardería. Además, tenían que autorizar la llegada de las dos enfermeras que me ayudarían. También quería escoger a una mujer gitana como ayudante. Los niños se sentirían más a gusto con una persona conocida que con dos enfermeras que venían de otra sección.

Me levanté muy temprano y caminé bajo el frescor matutino de comienzos de junio. La gran avenida continuaba vacía cuando llegué a las oficinas. Por primera vez desde que me encontraba en Auschwitz, el paseo me pareció agradable. Sin duda, influía mi estado de ánimo, pero también el paulatino cambio del tiempo y el ambiente en el campo gitano.

Elisabeth ya estaba en su puesto ordenando archivos y listas de prisioneros cuando entré en la oficina, las llegadas de nuevos romaníes en los últimos días había aumentado el trabajo de todos los internos. Los alemanes éramos muy concienzudos y nos gustaba que todo fuera archivado y documentado, el campo no se diferenciaba mucho de la burocracia que existía en el régimen nazi fuera de las alambradas electrificadas.

—*Guten morgen* —dije mientras entraba en el despacho.

—*Guten morgen* —dijo Elisabeth sonriente.

—Esperaba verte menos alegre. En los últimos días el número de prisioneros se ha disparado —le comenté.

—Sí, pero también sé por qué estás aquí. Que se abra una guardería en el campamento es una muy buena noticia —dijo Elisabeth.

—Los rumores vuelan —le contesté sonriente.

—Sí, pero cuando son buenos todos recuperamos en parte la esperanza. Las selecciones de enfermos de tifus fueron muy duras para todos. Además en el campo pasan cosas muy desagradables todos los días. Las buenas noticias siempre son bienvenidas —me comentó.

—Esta lista es de algunos de los materiales que necesitaremos. Tienes que añadirla a la que te entregó el doctor Mengele —dije mientras le entregaba la lista.

Elisabeth le echó un vistazo y después me miró con cara de sorpresa. La mayor parte de lo que había incluido en la hoja eran provisiones u objetos que nadie había visto desde antes de la guerra. Pero ella sabía que si alguien podía conseguir todo aquello era el influyente doctor Mengele.

—El doctor tiene los mejores contactos en Berlín, el director del Instituto Káiser Guillermo, Von Verschuer, es su benefactor. Estoy segura de que mandará todo esto para los niños.

—Espero que estés en lo cierto —contesté a la joven.

—Creo que llegarán algunas candidatas en las próximas horas para que las entrevistes, en cuanto estén en el campamento les diré que vayan a las barracas de la guardería.

—Sí, por favor. También desearía que agregaras a Zelma entre mis ayudantes —le pedí.

—Ahora mismo la envío para que te eche una mano en la limpieza de las barracas.

—También necesitaré dos o tres madres voluntarias.

—Muy bien, en una hora estarán todas allí con el material de limpieza.

Me marché de la oficina con la sensación de que, por primera vez desde mi llegada a Auschwitz, las cosas comenzaban a mejorar. Me dirigí directamente a las barracas 27 y 29. Cuando pasaba enfrente de la 14, mis hijos Blaz y Otis corrieron hasta mí, Anna se quedó con los más pequeños para que no me molestaran en el acondicionamiento de los edificios. Cuando abrí la puerta de madera de la primera barraca, un pestilente olor a podrido nos hizo taparnos instintivamente la nariz y la boca. Mis hijos se quedaron en el quicio de la puerta hasta que vieron que yo entraba primero.

El edificio estaba muy poco iluminado, como el resto de los barracones, únicamente recibía claridad de una especie de tragaluces en la parte superior, aunque alguien había modificado el diseño original colocando dos ventanas, una a cada lado, y un gran ventanal al fondo, pero las contraventanas de madera tapaban los cristales dejando pasar únicamente algunos hilos de luz. Blaz y Otis abrieron las ventanas y empujaron las contraventanas de madera. Al instante una gran claridad inundó la estancia. Al final pude contemplar el espacio en su totalidad. La gran sala estaba algo mejor cuidada que nuestras barracas. El suelo era de madera y se encontraba sobre una cámara que al menos resguardaba un poco de la humedad y el frío. En el centro había una gran estufa de hierro y en el cuarto del fondo se encontraba otra más pequeña. No teníamos luz ni agua potable, pero, después de todo, los niños tendrían un sitio en el que estar.

—Esto es una pocilga —dijo Otis.

—Bueno, eso parece, pero lo dejaremos tan bonito que dentro de unos días creerás que estás de vuelta en el colegio —le comenté sonriente.

—¿Esto va a ser un colegio? —preguntó Otis.

—Claro, los niños podrán estar aquí y mamá les dará clases —dijo Blaz, dándole una colleja a su hermano pequeño.

—Eh. Estate quieto. Pues la única cosa que no echaba de menos era ir a la escuela —se quejó Otis.

—Tendremos películas de dibujos, cuaderno, lápices de colores y leche con pan. Creo que te gustará —le comenté, intentando que comprendiera lo que significaba aquello para todos los niños del campo.

—Eso suena mucho mejor —dijo Otis con una gran sonrisa, la mera mención del pan y la leche le hizo relamerse, como si estuviera saboreando en su mente aquellos ricos manjares.

Tomamos las tres escobas que había traído y comenzamos a barrer. Salió mucho polvo al principio, pero afortunadamente las ventanas abiertas purificaron poco a poco el ambiente. Encontramos algunos trozos de carne putrefacta, algo inusual en el campamento, ya que no habíamos visto ese tipo de comida desde nuestra llegada. Después de fregar y desinfectar durante un par de horas llegó a la barraca Zelma. La mujer era un bella zíngara de piel tostada, ojos verdes y marcados rasgos orientales. Estaba muy delgada y llevaba el pelo tapado por un gran pañuelo verdoso, su vestido parecía descolorido y sucio, pero no podía disimular su belleza. Tenía dos niños pequeños, unos gemelos que vivían con ella en la barraca 16.

—*Frau* Hannemann, muchas gracias por pensar en mí como ayudante —dijo la joven con la cabeza gacha.

—No me llames *Frau* Hannemann, mi nombre es Helene. No seré tu jefa, simplemente dirigiré la guardería con vuestra ayuda —le comenté.

—Un trabajo en el campamento siempre significa sobrevivir en mejores condiciones, pero si encima es cuidando niños, eso me hace mucho más feliz —dijo la joven, con los ojos brillantes.

Zelma debía de haber oído que tendríamos leche, pan y otras cosas para los niños. Ella sabía, como madre, que aquello podría suponer que sus hijos pudieran sobrevivir.

—¿Piensas que las demás madres traerán a sus hijos sin problemas? —le pregunté. Algunas mujeres eran muy reacias a separarse de sus pequeños. Se escuchaban muchos rumores sobre niños desaparecidos y maltratados.

—Sí, sobre todo si los niños pueden tener un desayuno de verdad. La mayoría de nuestros hijos están muy delgados. Desde que llegamos aquí no han visto la leche ni el pan de verdad —dijo sonriente.

El resto de la mañana continuamos con el trabajo. Al mediodía, Ludwika llegó con algo de comida y las dos enfermeras polacas que Mengele había elegido para ayudarnos. Las dos judías eran muy jóvenes, parecían encontrarse en buen estado, pero no hablaban alemán. Una de las jóvenes se llamaba Maja, era rubicunda, de mejillas sonrosadas y ojos negros; la otra era Kasandra, pelirroja de ojos grises y pecosa. Parecían muy tímidas y algo asustadas, pero era normal, ya que, dado su aspecto, no debían de llevar más de unos días en Auschwitz, y el campo era intimidante, capaz de anular tu voluntad y casi tus deseos de vivir. Imaginaba que tras sus cabezas gachas y sus ojos tristes había una triste historia de persecución y dolor. La selección con los judíos era aún más implacable que con los gitanos, las familias eran separadas a su llegada y, por lo que había escuchado, las condiciones de vida de los campos de hombres y mujeres eran aún peores que las nuestras.

Cuando las dos jóvenes vieron la lata de alubias y los guisantes que estábamos comiendo, casi no pudieron evitar abalanzarse sobre ellos. Ludwika repartió la comida y, aunque la ración que nos tocó era escasa, al menos era mucho más que lo que ofrecían al resto de los prisioneros.

—Comed despacio —dijo Ludwika a las dos jóvenes en polaco.

Pensé que el hecho de que no hablaran mi idioma sería un problema, pero no podía devolverlas a sus campamentos, para ellas podía significar una sentencia de muerte. Por otro lado, muchas de las familias del campamento gitano eran polacas y muchos de los niños no entendían otro idioma.

Después de comer en silencio, continuamos con el acondicionamiento de la barraca y pasamos a la segunda. Gracias a que el grupo había aumentado, ya que por la tarde permitieron a algunas mujeres gitanas ayudarnos, el arreglo del segundo edificio fue mucho más rápido.

Terminamos poco antes de la cena. Todavía era de día, pero las sombras comenzaban a extenderse rápidamente. Caminamos cansadas pero felices hasta la barraca 14. Al día siguiente comenzarían a llegar la pintura y otros materiales y en un par de días la guardería estaría en marcha.

Por primera vez desde que estaba en este terrible lugar sentía el cansancio satisfecho del trabajo bien realizado. Cuando estuvimos en la entrada, el resto de las madres nos recibieron casi como unas heroínas.

Las dos jóvenes judías se habían marchado con Ludwika, para dormir en el pabellón de los médicos y enfermeras. Seguramente llevaban mucho tiempo sin sentir el contacto de unas sábanas limpias y la comodidad de un colchón.

De repente escuchamos un fuerte grito al fondo de la barraca. Anna me miró con los ojos desencajados y comenzamos a correr hacia los gritos.

Cuando llegamos a la alambrada vimos un corrillo de niños. Todos gritaban y lloraban. Apartamos a los niños, Anna aún cargaba al bebé, pero al ver a uno de sus nietos aferrado a la alambrada, inerte y con humo saliendo de su ropa andrajosa, comenzó a gritar y tirarse de su melena gris.

La escena fue terrible. No podíamos tocar al niño, que después de la fuerte descarga sin duda estaba muerto. Por unos instantes contemplé las caras aterrorizadas de mis hijos. Emily, Ernest y Adalia corrieron a abrazarme con la cara sucia por las lágrimas. Di gracias al cielo al saber que todos ellos estaban bien, pero noté un fuerte dolor en el pecho. Sabía que Anna sentiría el resto de su vida un profundo vacío en su corazón. Durante su larga existencia, sin duda había visto partir a seres queridos, pero su nieto pequeño era una de las pocas alegrías que aún le quedaban.

—¡Fremont! —gritó Anna. Intentó acercase al niño, pero dos madres la agarraron por los brazos para impedirlo.

Dos kapos y un par de guardianas se acercaron hasta nosotros. Sin preguntar nada, comenzaron a golpearnos con sus porras. No les importaba que fueran mujeres embarazadas, niños o ancianas. La mayoría de dispersó rápidamente, pero Anna continuó de rodillas delante del cadáver de su nieto.

Irma Grese comenzó a darle en la cabeza con todas sus fuerzas. La anciana comenzó a sangrar por la frente, después se giró y por unos instantes sus ojos se cruzaron con los míos. Los niños habían corrido a la barraca con el resto de la gente, pero yo me mantuve cerca de mi amiga. Las guardianas no se atrevieron a tocarme, sabían que el doctor Mengele me protegía.

—¡Dejadla, su nieto acaba de morir y ni siquiera puede abrazarlo! —grité con lágrimas en los ojos.

—Tú cállate, maldita zorra —dijo María Mandel, la otra guardiana.

Los kapos intentaron levantar a la anciana, pero logró zafarse de ellos y se abrazó a su nieto. De inmediato sufrió una fuerte descarga eléctrica que hizo parpadear los grandes plafones del alumbrado. Durante un par de segundos, Anna se retorció, pero enseguida cayó muerta al lado de su nieto.

—¡Anna! —grité intentando acercarme hasta ella, pero los dos kapos me sujetaron.

Los dos cuerpos permanecían abrazados, unidos para siempre, como si el amor hubiera vencido al final a aquel lugar infernal. Por fin eran libres, ya nada ni nadie podría retenerlos jamás. Mientras los kapos me llevaban hasta la gran avenida, arrastrándome por el suelo embarrado, por un segundo deseé la misma suerte de mi amiga. Cerrar los ojos y descansar para siempre de las fatigas y sinsabores de la vida. Escapar de las invisibles cuerdas que me ataban a este mundo. Tal vez era mejor lanzarse contra la alambrada y dejar que el alma se liberara de la tiranía del cuerpo, sobrevolara los cielos de Polonia hasta un lugar mejor en el que el hombre ya no podía hacerte daño. Anna me había dejado sola de nuevo. Su dulce voz, sus ojos pequeños surcados de arrugas, aquella sonrisa picarona que delataba su antigua belleza. Nada de eso existía ya. Polvo al polvo y ceniza a las cenizas. La muerte me parecía un regalo del cielo, pero sabía que aquello era imposible, mis hijos me anclaban a la vida como un viejo barco en mitad de una tormenta. Tendría que seguir luchando por ellos, intentando aferrarme a la esperanza, mirando cada día de frente, orando para que toda esa pesadilla terminase para siempre.

# 9

Auschwitz, junio de 1943

Nunca había visto un día de Navidad en junio. A las diez de la mañana aproximadamente el doctor Mengele entró con su automóvil militar descapotable seguido por cuatro camiones. En aquella ocasión no se trataba de ninguna selección ni traslado, los vehículos estaban llenos de material escolar, columpios, juguetes, sillas, camas y otros utensilios para la guardería. Todo el mundo parecía alborotado. Los niños corrían detrás de los vehículos con sus cuerpos medio desnudos. Varios de ellos cantaban una canción de escuela, como si recibieran a su viejo profesor. La alegría se extendió rápidamente por las mentes de aquellas familias que únicamente habían visto penalidades, hambre y muerte en los últimos meses.

El doctor Mengele aparcó sonriente frente a la barraca 27 y miró por unos segundos a mi equipo, que lo esperaba a los pies de la escalinata, y al centenar de personas, sobre todo niños, que aguardaban pacientemente el desembarco de las cosas de la guardería. El doctor Mengele abandonó el coche con cierta agilidad y comenzó a buscarse algo en los bolsillos, después repartió caramelos a todos los niños, mientras acariciaba sus cabezas y les sonreía.

Justo cuando llegó hasta mí, tocó una especie de silbato y una veintena de prisioneros comenzó a sacar todo tipo de objetos e introducirlos en el primer edificio. Yo de vez en cuando les indicaba que dejasen algunas cosas en el de al lado.

—*Frau* Hannemann, espero que esté contenta. He conseguido todo lo que pidió y algunas cosas más. Será la mejor guardería de toda la región —dijo el oficial de las SS con una expresión infantil que hasta ese momento nunca había observado en su rostro.

—Muchas gracias, *Herr Doktor*, lo cierto es que estos niños necesitaban una esperanza y usted se la ha dado —contesté sin alargar mucho mi respuesta. Nunca era buena idea hablar mucho delante de un oficial de las SS si había otros alemanes cerca.

A su lado se encontraban la siniestra Irma Grese y la brutal María Mandel. Sus rostros serios y el ceño fruncido contrastaban con la amable expresión del doctor. Aún recordaba unos días antes, cuando habían golpeado a todos los prisioneros que se habían acercado a socorrer al pobre niño que se había electrocutado. Sin duda habían sido las culpables de que Anna decidiera terminar con su vida. ¿Aquellas mujeres no tenían alma? No entendía cómo no sonreían al ver a los niños felices.

Irma me miró directamente a los ojos, su mirada expresaba un profundo odio, como si le repugnase lo que estaba haciendo el doctor por nosotros, pero enseguida comenzó a pedir a la gente que se dispersara y se alejó con la otra guardiana. Los alemanes no consentían que se formasen grupos tan numerosos. Aunque permitieron a los niños quedarse por los alrededores.

Un grupo de prisioneros comenzó a montar los columpios y el arenero para que jugaran los más pequeños. Otro de los grupos se dedicó a poner el cableado para la instalación eléctrica. No tendríamos agua corriente, pero el doctor Mengele había conseguido unos grandes depósitos que facilitarían agua potable cada día. Todo un lujo para un campamento infecto y con aguas insalubres.

Mientras los prisioneros terminaban su trabajo, mi equipo y yo nos dedicamos a pintar las paredes de colores y colocar algunas alfombras con dibujos, queríamos que al día siguiente la guardería y la escuela infantil estuvieran inauguradas. Yo tomé varios botes de pintura pequeños y un pincel y me dirigí a la fachada principal para poner la palabra *Kindergarten*. El doctor aún continuaba fuera del edificio supervisando los trabajos de los hombres, que escuálidos dentro de sus uniformes a rayas, intentaban no mostrar debilidad.

Comencé a escribir las palabras con diferentes colores mientras el doctor me observaba en silencio. No era muy normal verle durante tanto tiempo fuera del hospital o el laboratorio que había improvisado en la Sauna, pero sin duda quería disfrutar de aquel momento.

—¿Cree que mañana estará todo listo? —preguntó Mengele a mis espaldas.

No me molesté en girarme, tomé mi tiempo para terminar bien la letra y con el bote aún en una mano y el pincel en la otra, le contesté:

—Esa es mi idea, quiero que los niños disfruten de las instalaciones lo antes posible —dije mientras comenzaba la siguiente letra.

—¡Estupendo! —exclamó entusiasmado—. Mañana viene una comisión desde Berlín y quería enseñarles lo que estamos haciendo aquí.

Aunque sabía que la guardería formaba parte del aparato de la propaganda nazi, me pareció demasiado pronto para que nos usaran de escaparate ante el mundo. Una de las últimas veces que mi esposo y yo habíamos ido al cine, antes de la película pusieron un breve reportaje de Terezín, en Bohemia, donde miles de judíos eran deportados pero se les permitía en parte tener una vida aparentemente normal. En el vídeo se veían literas con cortinas, enfermeras, personas sentadas en las mesas leyendo, cosiendo o charlando. Ahora sabía que todo eso era mentira, una de las «realidades» manipuladas de los nazis. De alguna manera, la guardería de Auschwitz colaboraría a crear la farsa de un mundo irreal, en el que las SS trataban bien hasta a sus enemigos.

—¿Qué está pensando? —preguntó Mengele mientras dejaba su mano suavemente sobre mi hombro derecho.

Aquel gesto de cercanía me estremeció, prefería ver a los nazis como monstruos inhumanos. Cuanto más humanos pudieran ser, más me horrorizaban, ya que eso significaba que todos podíamos convertirnos en seres tan despreciables como ellos. La maldad se movía a sus anchas entre las alambradas de aquel horrendo lugar.

—Todo estará listo —contesté al final, quería zanjar el tema y no pensar más en cómo los nazis conseguían utilizarnos a todos y convertirnos justo en aquello que tanto odiásemos.

—¡Muy bien, buen trabajo, *Frau* Hannemann! —dijo el doctor. Después se quitó por unos segundos el gorro y repasó con cuidado su pelo moreno y peinado con la raya a un lado.

Escuché las botas sobre los listones de madera, me giré y alcancé a verle caminar a lo largo de la avenida mientras los niños se arremolinaban a su paso. Nadie hubiera dicho que aquel hombre era su carcelero, los niños lo trataban con cariño y él sabía sacar de ellos muestras de afecto y sonrisas.

Terminé el cartel y me quedé mirándolo unos segundos. Entonces escuché una voz a mi espalda:

—¿El doctor es bueno o malo, mamá?

Me giré y observé a Otis con su ropa demasiado pequeña, con las piernas desnudas y llenas de cardenales y arañazos. Su aspecto no se diferenciaba mucho del de un niño al otro lado de la alambrada. No sabía qué responder. Sin duda, Mengele era un criminal como todos los que nos tenían retenidos contra nuestra voluntad en Auschwitz. Tal vez se mostrara más amable que algunos de los soldados o las guardianas, pero aquello no cambiaba su condición de verdugo. Mi verdadera duda era cómo advertir a mi hijo de que no se acercase demasiado al doctor, pero que al mismo tiempo no fuera diciendo por el campamento que yo había hablado mal de él.

—Aquí no tenemos amigos entre las personas que nos han encerrado. No quiero que los odies, pero mantente alejado de ellos. ¿Lo has entendido? —le dije con sequedad.

Otis se marchó y continuó con sus juegos infantiles, Blaz se acercó con un bote de pintura en la mano y me dijo en tono bajo:

—Los soldados pagan a algunas de las chicas para que duerman con ellos, algunos de los kapos y un hombre mayor lo organizan. Me lo ha contado un joven llamado Otto que tiene que limpiar el cuarto después de la fiesta. Algunas de las chicas van obligadas, otras lo hacen por un poco de comida.

Me horrorizó pensar que mi hijo sabía todo aquello, estaba teniendo que madurar muy rápido y no estaba preparado para entender el terrible funcionamiento de la vida.

—¡Aléjate de ellos! —le contesté muy enfadada. Temía que esa gente pudiera destruirlos.

Kasandra y Maja salieron de la guardería y vieron mi expresión de enojo, bajaron la cara y volvieron a entrar rápidamente.

—Lo siento, hijo, pero no quiero que te suceda nada. A partir de hoy espero que no te separes mucho de las barracas de la guardería. ¿Entendido?

—Sí, mamá —dijo Blaz con la cabeza gacha.

Cuando entré de nuevo en el edificio y vi cómo había quedado la guardería volví a recuperar el sosiego. Las paredes de colores parecían convertir aquel lugar en un sitio especial, una especie de oasis en medio del desierto más horrible y desolado de Polonia.

—Ha quedado precioso —dijo ilusionada Zelma. La joven madre gitana parecía tan animada que intenté cambiar mi actitud. Al fin y al cabo, aquel lugar era un rayo de esperanza entre tanta oscuridad.

Tras varias horas de preparativos decidí reunir a todas las profesoras para comer y organizar el trabajo. Sabía que el cuidar y guardar a las decenas de niños no iba a ser tarea fácil, debíamos estar preparadas y organizarnos bien. Después de la comida se reunió con nosotras Ludwika, nos ayudó a traducir a las dos ayudantes polacas que apenas entendían alemán.

—Tenemos que anunciar a las madres que mañana comenzarán a funcionar la guardería y la escuela infantil. No sabemos exactamente el número de niños que hay en el campo de gitanos, posiblemente casi un centenar. De la Escuela Orfanato de Stuttgart trajeron hace unos días casi cuarenta niños. No todos son pequeños, pero sí algunos de ellos —dije mientras comenzaba a organizar las fichas.

—¿Qué horario pondremos? —preguntó Maja.

—Creo que un horario razonable sería desde las ocho de la mañana hasta las dos de la tarde —les dije.

—Pero creo que son demasiados niños para el número de cuidadoras —dijo la otra enfermera judía, Kasandra.

—Tienes razón —le contesté. Ya había pensado en eso. Los niños pequeños en especial necesitaban mucha atención, sobre todo los bebés.

—Propongo que elijamos a unas tres mujeres más. Pueden ser madres gitanas que hablen los otros idiomas del campamento

—dijo Ludwika. Desde el principio, mi amiga enfermera había querido involucrarse en las actividades de la guardería.

Apunté todo lo que estábamos hablando, quería presentarle todos los detalles al doctor Mengele, para que aprobara el funcionamiento de la guardería.

—¿Piensas que será difícil convencer al resto de las madres para que nos dejen sus hijos? —pregunté a Zelma.

—Algunas madres gitanas somos muy celosas de nuestros hijos, pero todas saben que aquí tendrán unos cuidados que ellas no pueden darles en las barracas. La mayoría de los niños están muy débiles y enfermos.

—Tienes razón. Nuestra misión esta tarde es informar a todas las madres del campo. También a los cuidadores de los huérfanos —les comenté.

—No es muy precipitado abrir mañana —preguntó Ludwika, algo extrañada por mi premura.

—Al parecer, viene una visita al campo y el doctor Mengele quiere que la guardería esté en funcionamiento —le contesté.

Ludwika movió la cabeza de un lado para el otro. No era la primera vez que los nazis organizaban una visita guiada para los altos jerarcas de Berlín, y todos nos sentíamos como animales en un zoo, para mofa y disfrute de nuestros verdugos. Intenté cambiar de conversación y animar a mi equipo.

—Tenemos material escolar, unas pequeñas batas, mesas y sillas, dos pizarras, tizas, papeleras; las estufas funcionan, aunque en esta fecha no serán necesarias. Tenemos un proyector de cine pequeño y cinco películas de dibujos. También nos han instalado electricidad y, sobre todo, tenemos alimentos. Tenemos leche, pan, algunas verduras, algo de embutido y otros alimentos no perecederos como leche en polvo, latas de carne, pescado, alimentos para bebés y medicinas básicas para bajar la fiebre o luchar contra pequeñas infecciones —comenté con una amplia sonrisa en el rostro.

Todas las mujeres aplaudieron, mostrando por primera vez alegría en aquella tarde. Eran tan raras esas muestras efusivas de contentura que después todas miramos a un lado y al otro por si alguien nos había escuchado. Los únicos que acudieron al oír nuestros gritos de júbilo fueron mis hijos, que jugaban en el pequeño cuarto que habíamos habilitado para nosotros.

Adalia entró sonriente, tenía un bigote de leche y por primera vez desde nuestra llegada se la veía despierta y animada. La escasa alimentación había contribuido a que los niños parecieran apagados y mortecinos, pero la comida comenzaba a animarles de nuevo. Los gemelos llevaban algunos juguetes y los dos mayores cargaban unos cuadernos y lapiceros.

—Seguid jugando. No pasa nada —dije a mis hijos. Los cinco sonrieron y regresaron al cuarto.

—Qué bien se ven —dijo Ludwika.

—Sí, gracias a Dios —le contesté sin poder evitar una sonrisa. Ya no me sentía prisionera. Aquellas verjas parecían invisibles ante mis ojos. El horizonte era lo único que deseaba contemplar aquel día. Mi alma se sentía libre, nunca podrían adueñarse de ella aquellos violentos asesinos. Sabía que para ellos nuestra felicidad era en parte su desdicha. Comían mejor que nosotros, disfrutaban de interminables excursiones los fines de semana y se acostaban los unos con los otros. Eran poco más que animales salvajes, crueles y despiadados jugando como niños desalmados con juguetes rotos, solo que en este caso cada una de sus decisiones daba o arrancaba la vida a cientos de personas.

Continuamos trabajando durante un par de horas más y después salimos en parejas para hablar con las madres. Teníamos que convencer a todas para que tuvieran a sus hijos vestidos y preparados antes de las ocho. Las cuatro madres gitanas los recogerían desde las primeras barracas hasta las últimas.

Mientras caminaba con Zelma, comenzó a hablarme de Anna.

—Anna estaría disfrutando de este momento.

—Sí, pero se encuentra en un lugar mejor. Parece que la única manera de salir de Auschwitz es muerto —le comenté.

—Conozco a un par de gitanos que lograron escapar. Eran de los que construyeron esta parte del campo, pero ahora las medidas de seguridad son mucho más duras.

Caminamos casi hasta el final del campamento y nos acercamos hasta los baños. Aquella era la hora libre y pensamos que algunas madres estarían aseando a sus hijos. Al pasar cerca de la última barraca vi uno de los trenes. Una gran multitud intentaba coger sus enseres, mientras los oficiales nazis hacían la selección. Casi había olvidado que unas semanas antes yo había llegado en uno de esos terribles transportes. Me acordé de Johann, no sabía nada de él desde hacía semanas. Pensé en buscar algún hueco al día siguiente para presentar una solicitud ante Elisabeth Guttenberger.

—¿Qué piensas? Estás muy callada —dijo Zelma.

—Estaba recordando el horrible viaje que pasamos desde Berlín —le comenté.

—Yo vine del gueto de Łódź. Por alguna razón debieron reunir a todos los gitanos aquí. Llevaba en aquel infierno desde 1941 y allí tuve a mi hija, el niño ya había nacido. Era muy difícil conseguir comida y los judíos nos discriminaban, por lo que resultaba muy dificultoso conseguir un trabajo. Los únicos que recibían dinero del gueto eran los que servían a alguna de las industrias de los alrededores. Al final, mi marido consiguió un trabajo en una fábrica de ruedas y nuestras condiciones mejoraron un poco —dijo Zelma, como si le resultase muy doloroso tener que recordar.

—¿Qué sucedió con tu marido? —le pregunté, pero apenas había pronunciado las últimas palabras cuando me di cuenta de que aquella pregunta removería sus sentimientos una vez más, pero ella se limitó a agachar la cabeza.

Miramos hacia los desgraciados pasajeros de la muerte. En este caso eran personas bien vestidas, seguramente provenían de alguna ciudad rica de Bohemia o Polonia. Su buen aspecto no tardaría en cambiar. En unos días les costaría reconocerse delante de un espejo, pero en aquel momento muchos se mantenían arrogantes y exigentes, como si se encontraran de viaje y Birkenau fuera la estación de un balneario o una zona turística de los Alpes. Los alemanes trataban de tranquilizarlos y apenas se mostraban agresivos con los más recalcitrantes. Por alguna razón, me fijé en una niña pequeña de pelo rubio que parecía perdida entre la muchedumbre. Llevaba un precioso abrigo verde y una maletita en la mano. La pobre lloraba y caminaba de un lado al otro sin encontrar a su familia. Un oficial se acercó hasta ella con otra niña de la mano. Eran iguales, se parecían como dos gotas de agua. El oficial se puso en cuclillas y comenzó a acariciar las cabezas de las dos niñas. Desde donde estábamos no podíamos distinguirlo con claridad, pero cuando se puso en pie ya no me quedó ninguna duda de que se trataba del doctor Mengele.

El oficial dejó a cargo de uno de sus ayudantes a las dos niñas gemelas y se situó enfrente de los grandes grupos en los que se había dividido a los recién llegados, después con un gesto de la mano comenzó a enviarlos a la izquierda o a la derecha. Desde esa distancia no podía ver la expresión de su cara, pero su cuerpo parecía reflejar una total calma, como si aquello ya fuera para él un asunto rutinario. Recordé el día en que un oficial como el doctor separó a mi esposo del resto de su familia. Noté cómo la rabia y la furia ascendían desde mi abdomen y tuve ganas de vomitar.

—¿Se encuentra bien *Frau* Hannemann? —preguntó Zelma al verme palidecer.

—Sí, simplemente estoy un poco mareada —le contesté mientras me inclinaba hacia delante.

En ese momento me vino una arcada y no lo pude resistir, vomité sobre la tierra embarrada de la avenida. Sentía que el estómago me iba a salir por la boca. De alguna manera, mi espíritu había comprendido que estaba sirviendo al mismo diablo, pero en mi mente seguí negándolo.

Nos dirigimos de nuevo a la barraca de la guardería. Mis hijos me esperaban impacientes por cenar e irse a la cama. Todos querían que llegara el día siguiente para ver con sus propios ojos la inauguración de la guardería. Intenté disimular, en las últimas horas había perdido toda la ilusión del principio. Imaginaba cómo sería la visita de los jerarcas nazis al día siguiente y sentía de nuevo ganas de vomitar.

Zelma se despidió de mí en la puerta y me prometió que al día siguiente regresaría con otras tres ayudantes. Confiaba en ella, a pesar de su juventud había demostrado ser una buena colaboradora. Además, me sentía muy identificada con ella, las dos habíamos perdido a nuestros esposos, aunque yo aún albergara la esperanza de volver a ver al mío.

En nuestro cuarto había dos camas. En una dormirían Otis y Blaz junto a los gemelos y, en la más pequeña, Adalia conmigo. Comparado con los húmedos y horribles camastros de las barracas, aquello parecía un hotel de lujo. Los obreros habían aislado bien las paredes y el techo. Sentíamos que el lugar estaba seco, limpio y cálido.

Antes de que los pequeños se durmieran, leímos uno de los cuentos nuevos. Llevábamos mucho tiempo sin ver un libro, por eso los tres pequeños tenían los ojos muy abiertos mientras pasaba lentamente las páginas con dibujos llamativos. Cuando cerré el libro, Adalia ya estaba dormida, la arropé y llevé a los gemelos hasta la otra cama.

—Buenas noches, angelitos —les dije, y fui consciente de que era la primera vez que estábamos solos desde nuestra llegada al campo.

Otra de las cosas que te robaba Auschwitz era el derecho a la individualidad y la intimidad. Nunca estabas solo, apenas podías reflexionar o pensar, ya que cuando el hambre no te atenazaba el alma, el dolor, el terror y la humillación convertían tu mente en la de un autómata.

—Mamá, ¿por qué no cantas la canción? —pidió Emily. Sus hermosos ojos claros parecían desbordarse sobre los míos.

—Está bien, pero solamente una vez.

Escuché con extrañeza mi voz rasgando la silenciosa barraca. Apenas reconocía su timbre, pero enseguida me evocó los recuerdos de mi infancia y los días felices pasados con mis hijos. Todos ellos eran especiales para mí. Pertenecían a una cadena interminable de eslabones que formaban mi vida. Desde Blaz, el mayor, hasta Adalia, cada uno era absolutamente único e irrepetible. Tenían su propia personalidad, gustos y opiniones. Los quería con toda mi alma. Sabía que el hecho de que a aquellas alturas de la guerra todos estuviéramos vivos y a salvo era poco menos que un milagro. Me estremecí mientras cantaba la última parte de la canción de cuna. De alguna manera me sentía como aquella mañana en la escalera de mi casa, cuando deseé con todas mis fuerzas que la desgracia pasara de largo por mi vida, pero esa vez yo fui la elegida para convertirme en parte de la gigantesca fábrica de terror que era el sistema de campos de concentración alemanes.

Las últimas palabras salieron de mi boca con un tono triste y melancólico. Las nanas de los niños siempre suenan apagadas, tal vez porque su función principal es relajar a los más pequeños, por eso cuando miré de nuevo a los gemelos, estaban dormidos. Blaz y Otis me dieron un beso en la mejilla y se taparon el uno al lado del otro.

Antes de irme a dormir me coloqué una pequeña chaqueta sobre los hombros y salí al salón principal. Encendí la luz y contemplé por unos segundos las paredes con dibujos, las mesas de escuela, la gran pizarra en la pared. Me parecía que estaba viviendo un sueño, aquella era la guardería de Auschwitz, sonaba extraño, pero era absolutamente real. El segundo pensamiento que cruzó mi mente fue de dónde habían sacado los nazis aquel material. Sabía que no debía hacerme aquellas preguntas, pero no pude evitar pensar que aquel material pertenecía a alguna escuela cercana que las SS habían desmantelado para construir la nuestra.

Me senté en una de las sillitas y tomé un cuaderno cuadriculado. Saqué un bolígrafo y comencé a escribir.

*Querido esposo:*

*Sé que es absurdo que te cuente mi vida en el campamento. Seguramente estés en algún lugar igual o peor que este, pero siempre lo hablábamos todo, ¿te acuerdas? Cuando perdiste el trabajo y yo estaba en los últimos días del embarazo de la pequeña, mientras los niños estaban en el colegio, caminábamos durante horas por las calles de Berlín. Ya no nos permitían entrar en los parques, como si fuéramos apestados, pero los hermosos bulevares de la ciudad nos parecían suficientes para seguir soñando. Hablábamos de irnos a América, también de cómo sería nuestra vida si al final los alemanes volvían en sí y daban la espalda a Hitler, pero sobre todo comentábamos las ocurrencias de los niños o las anécdotas de la semana.*

Necesitaba derramar todos mis sentimientos y temores en aquella hoja escolar.

*Hoy me siento igual, como si estos cuadernos fueran parte de aquellas larga caminatas. Aunque ahora no estés a mi lado, continuamos andando juntos, agarrados del brazo y mirando al destino directamente a los ojos...*

Escribir un diario en un sitio como este era poco menos que burlar la brutal opresión de nuestros verdugos. Ellos querían robarnos hasta la memoria, por eso aquellas letras apretujadas deseaban cercar nuestros recuerdos, para que nadie se atreviese a robárnoslos. Tal vez era una manera de exorcizar el peligro que seguía flotando sobre nuestras cabezas. Una condena de muerte en la que aparecían todos nuestros nombres. Al fin y al cabo, todos tenemos que morir tarde o temprano, pero tenía la sensación de que en el campo de concentración no fallecías, simplemente dejabas de existir. Las familias enteras eran apresadas y muy pocos salían con vida de las alambradas electrificadas, nadie las recordaría nunca más, su memoria se disiparía como la niebla cuando el sol comienza a calentar la tierra. Humo, nada infinita, vacío inexistente en el que el ser se convierte en poco más que un suspiro exhalado en la eternidad. Creía que éramos inmortales, mis padres siempre me habían dicho que nuestros nombres estaban para siempre en la memoria de Dios. Los nazis querían borrarnos de la faz de la tierra y llevarnos para siempre al limbo de los no nacidos.

# IO

Auschwitz, junio de 1943

Me levanté muy temprano para organizar bien el primer día de
clases. En unas horas llegaría el doctor Mengele con algunos
jerarcas nazis y no quería que se llevaran una mala impresión de la
guardería y la escuela infantil. Apenas habíamos tenido unas horas
para organizarnos y todo era nuevo para nosotras. Dejé a mis hijos
durmiendo y comencé a colocar el material escolar, preparé una
película en el proyector y después me fui al otro pabellón para ver
cómo estaba todo. Cuando abrí la puerta ya encontré allí a Maja y
Kasandra, las dos enfermeras polacas parecían muy dispuestas, a
pesar de su juventud. Nos saludamos y ellas intentaron expresarse
en alemán. Mientras terminábamos de ordenar, lo único que me
obsesionaba era que Zelma hubiera conseguido las tres ayudantes
y logrado convencer a las madres gitanas de que nos confiaran a
sus hijos durante toda la mañana.

Me dirigí de nuevo a la guardería y vi cómo se acercaba un
grupo de niños. Eran los huérfanos que habían llegado hacía unos

días y que los nazis habían acomodado en la barraca 16. Únicamente acudieron los más pequeños, pero su aspecto era totalmente desastroso. Estaban sucios, con el pelo grasiento y repleto de piojos. Les acompañaba un hombre joven que se encargaba de cuidarles, aunque evidentemente no hacía bien su trabajo.

—Los niños no pueden ir a la guardería y la escuela infantil en ese estado. Los llevaremos a la Sauna para que les corten el pelo y se duchen —dije con el ceño fruncido al cuidador.

Las dos enfermeras polacas vinieron para ayudarme. Tomé de la mano a dos de los más pequeños y la furia que sentía se transformó paulatinamente en lástima. Aquellos pobres niños habían perdido a sus padres y, tras vivir varios años en un orfanato regentado por monjas, los nazis les habían traído al infierno. Ayudé a los más pequeños a desnudarse. Sus cuerpos frágiles y delgados estaban llenos de mugre, pero también de moretones y heridas.

—Gracias. Lo haces como mamá —me dijo una niña de pelo castaño largo, mientras comenzaba a frotarla bajo el agua tibia. Aquello me partió el corazón, ojalá pudiera ser la madre de todas aquellas criaturas.

Tuve que tragar saliva para no echarme a llorar. Cuanto sufrimiento había traído esta guerra y, sobre todo, la maldad de aquellos que se creían superiores a otros por el color de su piel, su origen o su idioma. Cuando terminamos de limpiar a los niños les pusimos ropa limpia y regresamos con ellos a las barracas. A primera hora había llegado otro de los grupos a los que tendríamos que atender. La mayoría eran gemelos, muchos de ellos no eran gitanos, pero Mengele, desde hacía unos días, había comenzado a traerlos de las selecciones y los guardaba bajo el cuidado de una mujer en la barraca 32, donde estaba montando su laboratorio personal. Todos nos preguntábamos el porqué, pero pocos nos atrevíamos a expresarlo. Los rumores sobre sus experimentos comenzaban a extenderse por todo el campamento. Sabíamos que estaba en Auschwitz con una misión muy diferente a cuidar de los pobres prisioneros gitanos. No podía negar que me inquietaba aquel interés por los gemelos. No quería que Mengele se acercara a mis hijos ni les permitía que se acercaran al pabellón en el que el doctor había instalado su laboratorio.

Dividimos a los niños por edades, aún no habían llegado todos, pero teníamos más de medio centenar de criaturas de entre tres y siete años. Cuando los pobres entraban en la guardería o en la escuela y veían las paredes pintadas con dibujos, las mesas y los cuadernos con lápices, se quedaban con la boca abierta o comenzaban a dar gritos de emoción. La mayoría llevaba años sin ver una escuela y para algunos era la primera vez que pisaban un aula. Mientras las dos enfermeras polacas se encargaban de los mayores, yo intenté ordenar a los más pequeños en la guardería. Cuando todos estuvieron sentados con sus batitas puestas, comencé a darles el desayuno. Mis tres hijos más pequeños estaban sentados en una de las mesas. Otis se había marchado a la otra barraca, pero Blaz se había empeñado en quedarse en la guardería para ayudarme. A sus once años ya no le correspondía estar como alumno, pero por ahora me serviría como ayudante.

A pesar del hambre que tenían, todos los niños esperaron pacientemente a que estuvieran colocados los vasos de leche, después les dimos unas galletas, que, aunque un poco rancias, a ellos les supieron como si estuvieran saboreando el mejor de los manjares.

Zelma llegó un poco tarde, pero había conseguido traer a la mayor parte de los niños. Dos de las madres gitanas se fueron con parte del grupo al otro edificio y ella se quedó conmigo y otra de las mujeres.

Sentamos a los niños en las mesas que quedaban y comenzaron a desayunar con el resto. Cuando terminaron de comer hicimos una ficha de cada niño. Era casi mediodía cuando terminamos todo el trabajo. Teníamos en el aula siete nacionalidades, niños gitanos y algunos judíos, no sería sencillo integrar a todos. Les enseñaríamos en alemán y polaco, que eran los idiomas que entendía la mayoría.

Reunimos a los niños de los dos edificios y les pusimos una película de Mickey Mouse. Todo el mundo sabía que eran los dibujos animados preferidos de Adolf Hitler y que antes de la guerra Walt Disney había mantenido una estrecha relación con los nazis. Por desgracia, muchas de las ideas de Hitler habían calado en Estados Unidos y el Reino Unido. A los niños todo aquello les resultaba indiferente. La mayoría nunca había visto dibujos animados. Se quedaron como hipnotizados mientras el ratón hacía todo tipo de piruetas y locuras con su perro Pluto. Aprovechamos la tranquilidad de los niños y los dejamos a cargo de Blaz. Todas merecíamos un pequeño descanso.

Las dos enfermeras polacas comenzaron a fumar, mientras las madres se sentaban en la escalinata para tomar un trozo de pan con queso. Zelma fue la única que se quedó a mi lado. Miré al otro lado de la alambrada. El campo del hospital era más pequeño que el resto y la gran explanada vacía era usada algunas veces para pequeños partidos de fútbol entre los *Sonderkommandos* y los guardianes nazis. El domingo anterior habíamos observado uno de ellos pegados a las alambradas, eso y los conciertos eran el único momento de ocio que se permitía en el campo.

—¿Está contenta? Todo ha salido tal y como lo habíamos previsto —dijo Zelma.

—Sí, aunque estoy deseando que pase la visita de los nazis —le comenté algo inquieta. Sabía que cualquier capricho o comentario de los jerarcas alemanes sería escuchado con atención por el comandante del campo. No podíamos permitirnos cometer ningún error.

—Todo saldrá bien. Los barracones están preciosos y los niños parecen distintos, más alegres y sanos —dijo Zelma mientras me hincaba su profunda mirada.

—Creo que eres más optimista que yo. Únicamente llevan un día con nosotros —le contesté sonriente. Me gustaba mucho su optimismo, era algo que escaseaba en Auschwitz.

Escuché el rugido de varios motores y cuando miré al principio de la avenida pude apreciar con claridad cuatro vehículos negros que avanzaban lentamente por el campamento gitano. Me puse tan nerviosa que comencé a dar órdenes como una loca. Arreglé a todas las colaboradoras sus batas y les pedí que actuaran con naturalidad y que no parecieran nerviosas, a pesar de que yo me mostraba frenética.

Cuando la comitiva se detuvo a unos veinte metros de la guardería, bajé las escaleras y coloqué a las ayudantes en fila, como si fuéramos un grupo de soldados a los que se iba a pasar revista. Yo no quería ni mirar, me limité a ponerme firme delante del resto de las mujeres.

No le vi llegar, pero cuando levanté la cabeza al escuchar una voz tuve ante mí al mismísimo Heinrich Himmler, el *Reichsführer-SS*, uno de los hombres más poderosos de Alemania. Yo le conocía de los noticieros que ponían antes de las películas en los cines. Nunca había acudido a una concentración nazi y me había negado a que mis hijos entrenaran en las juventudes hitlerianas, aunque por el hecho de ser gitanos no les habrían admitido de todas maneras. Su aspecto no era imponente. Su rostro pálido, de ojos pequeños detrás de unas gafas redondas, le daba el aspecto de un funcionario corriente, pero todos sabíamos que era uno de los hombres más peligrosos del Tercer Reich. Su voz era suave y vestía de manera impecable, como si estuviera por encima de toda la miseria que le rodeaba y que él mismo se había encargado de crear. Me sonrió y amablemente me dijo:

—¿Usted es la directora de la guardería? *Herr Doktor* Mengele me ha hablado muy bien de usted. Una alemana es lo que necesitaba un sitio como este.

No supe qué responder, me quedé mirándole y temblando levemente, como si volviera a ser una niña pequeña y me encontrase ante un profesor severo.

—Gracias, *Reichsführer-SS* —dije tartamudeando.

—¿Esta es la guardería? Luego dirán esa basura comunista y judía que somos inhumanos —dijo Himmler dirigiéndose al resto de la comitiva que se echó a reír.

El *Reichsführer-SS* comenzó a saludar al resto de las ayudantes, pera a ellas no les dio la mano, como si temiera contagiarse de las razas inferiores. El doctor Mengele se adelantó sonriente y me presentó al comandante del campo Rudolf Höss.

—Muy buen trabajo *Frau* Hannemann. El doctor Mengele ha destacado su buen hacer y su entrega. Los alemanes siempre apreciamos que nos den la oportunidad de demostrar de lo que somos capaces —dijo levantando la mirada y contemplando el cartel que yo había pintado el día anterior.

Mengele se limitó a sonreír y pasar su mano por mi espalda para que les enseñara las instalaciones. Los tres hombres y el resto de la comitiva me cedieron el paso y cuando entré en la sala pedí a los niños que se pusieran en pie. Blaz paró la proyección y las mujeres abrieron rápidamente las contraventanas de madera para que la suave luz de la primavera polaca penetrara por los cristales.

Los niños miraron algo temerosos a los hombres. Los uniformes de las SS imponían respeto a todos los prisioneros, hasta los más pequeños sabían que era mejor estar lejos de los uniformes negros. El único que parecía no darles miedo era el doctor Mengele, que se aproximó a la primera mesa y se agachó para ofrecer unos caramelos a los niños.

—Este sitio no tiene nada que envidiar a muchas escuelas alemanas —dijo Himmler poniéndose las manos en la cintura.

—Queremos que los niños gitanos y los gemelos de *Herr Doktor* vivan en las mejores condiciones posibles —contestó Rudolf Höss.

—Muchas gracias comandante —dijo Mengele con una ligera inclinación de cabeza.

—¿Cuántos niños tienen en la guardería? —me preguntó Himmler.

—En total noventa y ocho niños. Cincuenta y cinco en la guardería y otros cuarenta y tres en la escuela infantil —le contesté.

—¿En qué idioma les enseñan? —preguntó de nuevo el líder nazi.

—En alemán y polaco —le contesté algo indecisa. Temía que no le gustara que les enseñásemos el polaco.

—Excelente —dijo mientras se tocaba el mentón.

Himmler se agachó y se acercó hasta uno de los niños. Era un gitano llamado Andrés que, sin mostrar nada de temor, le miró directamente a los ojos. El nazi se quitó el sombrero y pasó su mano por su pelo corto antes de preguntar al muchacho.

—¿Te gusta la escuela?

—Sí, *Herr Kommandant* —dijo el niño muy serio. Apenas tenía cuatro años, pero parecía más avispado que la mayoría de los niños de su edad.

—¿Os han dado un buen desayuno? —preguntó de nuevo.

—Sí, hemos tomado leche y galletas —contestó el niño.

—Lo que yo tomaba cuando era niño —dijo el alemán con una sonrisa.

Luego levantó la vista y miró al resto de la clase. Antes de ponerse de nuevo en pie se dirigió a otro niño que estaba sentado al lado y le preguntó:

—¿Sabes para qué son esas chimeneas tan grandes que hay al otro lado de las alambradas?

El niño se quedó pensativo unos segundos, después, con ojos picarones, le contestó:

—Allí es donde hacen el pan del campamento. Los panaderos nos hacen el pan todos los días.

Himmler se levantó complacido, tocó el cabello del niño y se despidió del resto de la clase, que contestó a coro. Todos los oficiales salieron y yo les seguí.

—Todo está en orden —dijo el comandante del campamento—, pero creo que tienen que asear más a los niños. Sé que los gitanos huelen mal, pero tienen que evitar que huelan de esta manera tan horrible.

Aquel comentario me hizo revolverme por dentro. El comandante sabía perfectamente que mis hijos eran gitanos, pero para todos ellos éramos poco más que animales, aunque estaba segura de que trataban mucho mejor a sus perros que a nosotros.

—Sí, *Herr Kommandant* —le contesté intentando suavizar mi gesto.

El último en saludarme fue el doctor Mengele, que me apretó los hombros con sus manos huesudas y frías. Después, sonriente, me dijo:

—Buen trabajo. Ya hablaremos.

Cuando la comitiva regresó a sus coches y salieron del campamento gitano todo el mundo respiró más tranquilo. Mientras mis ayudantes daban de comer algo a los niños antes de mandarlos a las barracas, mi amiga Ludwika vino a verme. Parecía algo alterada, aunque el hospital se había salvado de la visita de los jerarcas, tenían demasiado miedo a que alguien pudiera contagiarles algo.

—¿Qué tal ha ido todo?

—Muy bien, creo. Aunque con los cuervos de negro nunca se sabe —dije haciendo una broma. Necesitaba relajarme un poco.

—Caminemos un rato —dijo mi amiga.

Nos alejamos de las barracas y nos fuimos hasta el fondo del campo. En la gran estación donde solían parar los trenes —casualmente aquella mañana no había llegado ninguno— habían colocado algunos miembros de la orquesta de Auschwitz. Cuando los coches de la comitiva pasaron delante de ellos comenzaron a tocar. Dirigiendo al grupo de mujeres estaba Alma Rosé, una violinista austriaca a la que se había encargado la orquesta femenina. Mientras tocaban parecía que sus mentes escapaban de las alambradas, pero, como pájaros enjaulados con las alas rotas, su música siempre sonaba melancólica.

Mi amiga suspiró mientras los coches se paraban brevemente frente a las prisioneras. No pude evitar acordarme de mi marido, no sabía dónde se encontraba. Temía que le hubiera pasado algo malo, pero cada noche oraba para que Dios le protegiera y nos volviera a reunir una vez más. Imaginaba que el Creador del Universo tenía mucho trabajo aquel verano de 1943, pero para la mayoría de los seres humanos nuestros problemas son siempre los más importantes del mundo.

—¿Crees que algún día saldremos con vida de aquí? —preguntó Ludwika mientras la banda continuaba tocando.

Miré el cielo azul, después el bosque que comenzaba a reverdecer al fondo y las flores que tímidamente crecían entre la hierba. La primavera había logrado surgir entre las bombas y los campos sembrados de cadáveres de medio mundo. Aquella era la mayor muestra de que la vida continuaría cuando todo esto hubiera acabado.

—Saldremos de aquí, aunque no estoy segura de que sea con vida. Únicamente pueden retener nuestros cuerpos. Este amasijo de huesos y carne que poco a poco se convierte en polvo, pero nunca nuestra alma.

Me sorprendieron mis propias palabras. No solía mencionar la muerte en el campo, y mucho menos delante de una compañera, pero había algo liberador en ser consciente de que los nazis no tenían la capacidad de exterminar el alma.

Nos dirigimos en silencio hasta las barracas y la algarabía de los niños nos animó de nuevo. Los alumnos salieron ordenadamente y se dividieron en tres grupos. El primero se dirigió a la barraca orfanato, el segundo fue a la que había habilitado Mengele cerca de su laboratorio y el tercero regresó con sus familias.

Maja y Kasandra me ayudaron a recoger las aulas, después comí con mis hijos. Me sentía muy cansada. La tensión del día me había agotado, quería que los niños se durmieran pronto, escribir una o dos páginas del diario y dormir. El sueño era uno de los pocos momentos en los que nos sentíamos verdaderamente libres.

Los niños comieron con una sonrisa en los labios. Ya no tenían que ir a los infectos baños del campo a hacer sus necesidades, comían mucho mejor y nuestra sencilla habitación parecía un palacio en comparación con la barraca 14.

Tras leer un cuento a los más pequeños y besar a los mayores cerré la puerta y me senté en una de las pequeñas sillas. Apenas llevaba un par de minutos cuando escuché los pasos de uno de mis hijos, me volví y contemplé el rostro de Blaz. La luz de la vela apenas iluminaba sus facciones morenas, pero no me hacía falta verle la cara para saber que quería contarme algún secreto.

—¿Estás bien, hijo? —le pregunté mientras con un gesto le indicaba que se acercase. Se sentó en mi regazo como si fuera mucho más pequeño y se dejó mimar por unos instantes.

Blaz había sido el primero en irrumpir en nuestra tranquila vida de pareja. Se parecía mucho a su padre en todos los sentidos, aunque tenía mi constancia y obsesión por el orden.

—Cuando nos quitaron nuestra identificación y todos los recuerdos logré guardar algo entre las ropas. Hasta ahora no quería decírtelo, temía que te enfadaras conmigo. Cada noche paso un rato acariciándola y de vez en cuando la miro.

—¿De qué se trata? Me tienes en ascuas —dije impaciente.

Mi hijo se limitó a sacar del pecho una pequeña foto y la puso delante de mis ojos. En la imagen aparecíamos todos. Yo estaba embarazada de la pequeña, la foto la habíamos hecho el verano antes de que echasen a Johann de la orquesta. La guerra todavía no había empezado y, aunque comenzábamos a tener algunos problemas con los nazis, todavía la vida parecía tranquila y feliz. Observé largamente nuestros rostros sonrientes. Aquella imagen había atrapado un momento de felicidad y lo había convertido en eterno. Ya no éramos aquella familia feliz posando en un bello parque de Berlín. Aquel aire veraniego, el sonido de una banda de música de fondo, el olor a algodón de azúcar parecían tan lejanos como mi juventud, pero al mismo tiempo estábamos atrapados para siempre en aquella imagen.

Comencé a llorar y Blaz se aferró a mí con fuerza. Sentí sus brazos y su mejilla acariciando la mía. Nuestras lágrimas se mezclaron, como un día nuestra sangre fue solamente una en el seno materno. Por unos segundos fuimos de nuevo un solo cuerpo, unido por el cordón umbilical. Cerré los ojos y recordé el rostro de Johann. Deseé con todas mis fuerzas que estuviera allí con nosotros. Una familia unida de nuevo. Tan feliz como aquel instante perdido en la memoria de una imagen en blanco y negro.

—Gracias, cariño —dije a mi hijo entre sollozos.

Se apartó un poco de mi rostro y me miró con los ojos anegados en lágrimas. Blaz no solía llorar nunca, era un niño fuerte y decidido.

—Te cuidaré, mamá, os cuidaré a todos hasta que regrese papá. Sé que está cerca, puedo sentirlo. Echo de menos tumbarme junto a él en las siestas de la tarde, tocar juntos el violín al lado de la ventana del salón, caminar a su lado imitando sus pasos y soñando con ser como él algún día —dijo entre sollozos.

—Lo serás, mi pequeño *knirps* —dije mientras nos fundíamos de nuevo en un abrazo.

Nuestras respiraciones se acompasaron en el salón, que comenzaba a refrescarse con el viento del norte. La luz de las grandes farolas de Auschwitz penetraba por las ventanas opacando a las estrellas y la luna. Algún día, cuando aquel campo estuviera a oscuras y en silencio, las lumbreras celestes volverían a bañarlo con su luz pura, como siempre había sido, y el mundo sería de nuevo un lugar bueno para vivir.

# I I

Auschwitz, agosto de 1943

*El agotamiento es el mejor compañero del tiempo. Nos permite pasar las hojas con rapidez, como si de un mal libro se tratase. A veces es una mezcla de ansiedad por conocer el final y la desidia que produce la cotidianidad, aunque esta sea la terrible rutina de Auschwitz. Llevo semanas sin derramar mi corazón en estas páginas, pero en cierto sentido es normal. No ha sucedido nada señalado hasta hoy, los días se han sucedido sin descanso, pero también sin muchas novedades. Que no suceda nada siempre es una buena señal en el campo. En Auschwitz, la novedad siempre trae consecuencias. La llegada de nuevas víctimas de esta inhumana máquina de destruir termina por afectar a todo el campamento y al humor de nuestros guardianes.*

*Desde que comenzó el verano ha llegado mucha más gente a nuestro campo. Muchos de ellos parecen peces sacados precipitadamente del agua e intentando respirar un aire caluroso que los mata poco a poco. No sé lo que sucede en el resto de Birkenau,*

*pero, en el campamento gitano, el hacinamiento está comenzando*
*a ser un grave problema y todos tememos que se repitan las epide-*
*mias de tifus a las que el campo se vio sometido en la primavera.*
*El calor infernal, la sed incesante y la poca alimentación nos hacen*
*a todos vulnerables y temo por nuestros hijos. Querido Johann,*
*cuánto deseo verte y descansar en tu brazo fuerte y seguro.*

*El doctor Mengele ha estado algo nervioso las últimas sema-*
*nas, pero siempre ha cumplido su palabra de abastecernos de ali-*
*mentos y material escolar. Se siente orgulloso de la guardería y no*
*deja de elogiar mi trabajo, pero me incomoda estar a solas con él.*
*No es que se porte descortésmente, todo lo contrario, tal vez se*
*trate de su fría mirada, que parece mostrar un vacío infinito.*

—¡Mamá! —dijo Ernest mientras se frotaba los ojos. Su grito
me sacó del ensimismamiento que me producía la escritura de los
cuadernos. Escribir, en muchos sentidos, es vivir otra vida.

Los dos gemelos cumplían años, aquella era la primera celebración desde nuestra llegada al campamento. Unos meses antes
no se me habría ocurrido organizar una fiesta, pero nuestra situación en el campo había mejorado notablemente.

—¿Por qué te has levantado tan pronto? Ven aquí —le dije,
abriendo los brazos.

Los dos gemelos siempre andaban juntos, como si formasen
parte de una única vida, pero en algunas ocasiones a Ernest le
gustaba estar a solas conmigo.

—Es nuestro cumpleaños. ¿Te has olvidado? —me preguntó
con la voz aún ronca por el sueño.

—¿Cómo me voy a olvidar? Hace siete años estaba con una
inmensa barriga y sudando como una loca, esperaba tener un
bebé y Dios me regaló a dos —le dije estrujándole entre mis
brazos.

Noté mis brazos huesudos. Desde mi llegada al campo había perdido al menos quince kilos de peso y, aunque desde el último parto estaba algo rellenita, algo que le encantaba a Johann, siempre había sido esbelta y musculosa.

Emily apareció por la puerta con su melena castaña clara. Se parecía mucho a su hermano, pero los rasgos femeninos y el pelo largo les hacían parecer más distintos de lo que en realidad eran.

La niña me abrazó por el otro lado y permanecimos unos minutos así, en silencio, mientras la mañana culminaba su llegada dentro de las alambradas.

El tiempo se me había echado encima y tuve que darme prisa para preparar a los niños antes de que llegaran los alumnos. Las madres y sus hijos habían tomado por rutina enviarlos a la guardería y la escuela infantil, sabíamos que los cuidábamos bien y se encontraban mejor alimentados. Corrían rumores de que el doctor Mengele los trataba mal, pero yo nunca le había visto hacer nada malo a un niño. Muchos niños enfermaban y morían, era normal en un sitio como este. El agua era insalubre, la comida insuficiente, además teníamos pocas prendas de ropa y la mayoría de ellos se encontraban encerrados en barracas calurosas en verano y frías en invierno.

Una media hora más tarde, las dos barracas se hallaban repletas de niños, estábamos ya sobrepasando nuestra capacidad numérica y las raciones de leche y pan nos cundían mucho menos, pero era mejor que la comida que se repartía en el campamento.

Las profesoras comenzaron a dar las clases y yo me centré en mi rutina matutina. Dedicaba una hora a visitar a los niños enfermos, la mayoría de ellos en el hospital de enfrente de nuestras barracas, charlar un rato con Ludwika, ver a los niños que no habían acudido a la escuela por si podía ayudar a sus madres en algo y después llevar la lista de las necesidades de la guardería a Elisabeth en la secretaría del campo gitano.

Mientras caminaba por la avenida hacia la entrada del campo siempre pensaba la misma cosa: abrigaba la esperanza de que la secretaria pudiera informarme sobre el paradero de mi esposo. Desde hacía casi dos meses le estábamos buscando, pero Auschwitz era un gran monstruo que albergaba a decenas de miles de personas y cada día eran más los que llegaban para unirse al ejército de famélicos prisioneros que componíamos aquella sociedad imposible.

A medida que me acercaba a la entrada, rezaba para no cruzarme con las guardias Irma Grese y la temible María Mandel. Aquel día tuve suerte y llegué a la oficina sin ver a nadie. En cuanto entré, Elisabeth Guttenberger me recibió con una sonrisa. Era una joven expresiva, pero no era muy habitual sonreír de buena mañana.

—Buenos días, Elisabeth —le dije, devolviéndole la sonrisa.

—*Frau* Hannemann, creo que es el cumpleaños de los gemelos, felicítelos de mi parte.

—¿Por qué no pasa luego a la pequeña fiesta que vamos a celebrar? —le pregunté. No era corriente que la gente de la oficina se internara en el campo, pero tampoco estaba prohibido.

—Tal vez pase. ¿Me trae la lista? —me preguntó alargando la mano.

—Sí, necesitamos muchas cosas, cada vez hay más niños —le expliqué.

La joven miró con detenimiento el papel y después, con una amplia sonrisa, me dijo:

—Tengo algo especial para usted. Realmente me lo trajeron ayer, pero no podía ir a la barraca para entregárselo.

Fruncí el ceño extrañada. Habíamos pedido algunas películas más para los niños, algo de fruta y otras cosas, pero no tenía la impresión de que Elisabeth se refiriera precisamente a algunas de aquellas cosas.

—¿De qué se trata? Me tiene en ascuas —le pregunté impaciente.

—Tenga —dijo, entregándome un pequeño papel escrito a pluma.

En ese momento noté cómo el corazón me daba un vuelco. Aquello tenía que ser noticias sobre Johann. Naturalmente, no había perdido la esperanza, pero en las últimas semanas había intentado no ilusionarme demasiado.

Repasé ávidamente las letras escritas con rasgos rápidos. Únicamente había un nombre, Kanada, y los datos de mi esposo.

—¿Está en el Kanada? —le pregunté extrañada. Tenía entendido que la mayor parte de las personas destinadas allí, casi un millar, eran chicos y chicas jóvenes.

—Sí, primero estuvo en uno de los equipos de trabajo exteriores, viviendo fuera de Birkenau, pero lleva un mes en Kanada. Las cosas en Auschwitz nunca tienen una lógica, pero tienes que estar contenta, los comandos destinados allí comen bien, tienen buena ropa y su trabajo no es tan duro como otros —me explicó Elisabeth.

Desde mi llegada al campamento, me había esforzado por conocer lo menos posible, pero por desgracia era un secreto a gritos que la mayor parte de las miles de personas que llegaban todos los días en trenes eran enviadas a las cámaras de gas que había justo al final del campo y después incineradas. Todas sus pertenencias pasaban al Kanada, donde los prisioneros aprovechaban prácticamente todo. Desde ropas, sombreros y zapatos, pasando por gafas, piernas ortopédicas, maletas y cualquier otro objeto que las pobres víctimas hubieran traído. Aunque los nazis buscaban principalmente el oro y el dinero que los judíos traían cosidos en sus abrigos y ropas, todo era aprovechado. La población alemana que estaba sufriendo la guerra, los mutilados, huérfanos y viudas recibían las cosas de las miles de víctimas de la fábrica de muerte que era Birkenau.

—Está vivo y tan cerca —dije suspirando.

—Pero, mujer, ¿te enteras de que tu esposo ha sobrevivido entre decenas de miles de muertos y esa es tu reacción?

—¿Cómo podré verle o comunicarme con él? —le pregunté nerviosa.

—Puedo hacer que le llegue un mensaje tuyo, pero que puedas verle tiene que ser autorizado por algún oficial, que tiene que darte un pase para entrar en otras secciones —comentó Elisabeth.

Mientras caminaba de regreso a la guardería apenas sentía el suelo que pisaba. Me encontraba totalmente entusiasmada. No pasé a ver a los niños que habían faltado, pero sí quise al menos ir al hospital, necesitaba hablar con alguien. Entré en la barraca 26 y busqué a Ludwika, era la persona más cercana que tenía en el campamento, aunque no sabía si podía llamarla amiga. Las circunstancias que nos habían unido eran tan adversas que resultaba difícil distinguir entre simple compañerismo y amistad en un lugar como este.

En cuanto me vio la cara, la enfermera polaca supo que algo me pasaba. Pidió a una de sus compañeras que continuase su trabajo y caminó hasta mí desde el fondo del pasillo. Durante unos segundos, observé a las decenas de pacientes que dormitaban en los camastros, que en muy poco se diferenciaban de las barracas comunes. Sabía por los doctores y las enfermeras que apenas había medicamentos, los pacientes debían cuidarse y sanarse a base de descanso, pero para muchos no era suficiente. Mengele había dado la orden de que todo enfermo que superase los cinco días de internamiento fuera seleccionado para su eliminación. Él no hacía nunca la selección directamente en el hospital, pero los médicos se limitaban a seguir sus directrices. Me acerqué hasta la cama de una niña de siete años que había sido alumna mía en las últimas semanas. Una simple varicela la había postrado en cama. Su cuerpo no tenía las defensas suficientes para combatirla. Afortunadamente, la habíamos detectado a tiempo, antes de que se extendiera al resto de los niños.

—Hola Jadzia. ¿Cómo estás hoy? —le pregunté mientras le acariciaba la cabeza.

—Bien, profesora —dijo con un hilo de voz.

Tenía la cara cubierta de llagas, su cuerpo estaba consumido y su rostro cadavérico me miraba con la inocencia de un ángel. Tuve que apartar la mirada antes de echarme a llorar. A pesar de haber visto tantas cosas en Auschwitz, aún era incapaz de mirar a un niño moribundo y no sentir nada.

—Ahora venimos, Jadzia —dijo Ludwika cuando llegó hasta los pies del camastro.

Me tomó del brazo y me sacó al caluroso día de agosto, que parecía fresco comparado con el ambiente sofocante de la barraca.

—¿Cómo está? —le pregunté por la niña.

—La han seleccionado los doctores. Esta tarde se la llevarán —comentó mi amiga con los ojos enturbiados por el dolor.

Durante unos segundos, permanecimos en silencio, observando el cielo y la gran estación. Aquella mañana estaba repleta de recién llegados. Muchas veces intentábamos ignorar los trenes en el afán inútil de olvidarnos del destino de toda esa pobre gente.

—Es terrible —dije al fin, como si las palabras me dolieran al salir de los labios.

—Aquí todo lo es. Apenas salvamos a uno o dos de cada cien, caer enfermo es estar muerto —contestó mi amiga.

—Sí, espero que no haya más niños contagiados —le comenté preocupada. Estaba pensando en mis propios hijos, pero también en el resto de los niños. En seguida te encariñabas con ellos.

—Habrá que esperar una semana más, esta enfermedad puede manifestarse mucho más tarde. Pero, hoy es un día para celebrar. Es el cumpleaños de los gemelos —dijo más animada Ludwika.

En ese momento, la celebración del cumpleaños me pareció una mala idea. ¿Cómo podía organizar una fiesta por la tarde mientras asesinaban a Jadzia?

—Sí, los gemelos cumplen siete años. Les veo tan delgados.

—Todos estamos delgados, lo importante es que se encuentren sanos —dijo mi amiga.

—Sí, es cierto. Bueno, tengo algo que contarte. Al parecer, Johann está en Kanada.

—¿En Kanada? Es increíble, habéis estada a menos de un kilómetro el uno del otro todo este tiempo y sin saberlo —dijo Ludwika con una sonrisa.

—Sí, Elisabeth le pasará una nota para que sepa que nos encontramos bien, pero la única manera de verle es con el permiso de un oficial —le comenté.

—Puedes pedírselo a Mengele. Ya sabes que eres una de sus favoritas. Al fin y al cabo no perteneces a la etnia judía, ni has sido nunca comunista o gitana. Seguro que te concede el permiso.

—¿Tú crees? —le pregunté muy nerviosa.

—Sí, hoy está muy animado, me lo crucé hace una hora. Al parecer está su mujer aquí. Ya sabes que no es muy normal que cuente algo personal, pero parecía especialmente contento.

Sin duda, debía aprovechar la oportunidad. El carácter del doctor era bastante cambiante. Cuando los días eran grises o las cosas se complicaban, se volvía más taciturno y malhumorado.

—¿Crees que este es un buen momento? —le pregunté emocionada.

—Está en la Sauna, en su laboratorio. A primera hora se encarga de la correspondencia y aún no ha comenzado con sus experimentos que le absorben el resto del día —me contestó.

—Pues prefiero intentarlo ahora. El mejor regalo que podría hacer a mis hijos es que viesen a su padre —dije eufórica. Por unos instantes pensé que el corazón se me iba salir del pecho.

—Venga, ¿a qué esperas? —me animó mi amiga.

Bajé las escaleras y caminé por la avenida polvorienta hasta la Sauna. Eran apenas siete barracas, pero la distancia se me hizo eterna. Cuando me encontré delante del número 34 me asaltaron las dudas. Estuve a punto de regresar por donde había venido, pero pensé que no tenía tanto que perder. Era la directora de la guardería, Mengele sabía que hacía un buen trabajo, sin duda podría encontrar a otra, pero hacía tiempo que había descubierto que al nazi no le gustaban los cambios, prefería que las cosas tuvieran un aspecto de continuidad y normalidad, no quería que nada le entretuviese de sus experimentos.

Al final subí los tres escalones y toqué con suavidad la puerta. Por un instante dudé si me habría oído, estaba a punto de irme y regresar a la guardería, cuando escuché una voz al otro lado que me mandaba entrar.

Abrí la puerta muy despacio. No había mucha luz en el cuarto. El sitio era diáfano, pero no muy amplio. A un lado se encontraba la mesa del doctor, con una estantería detrás con lo que parecían informes; al otro lado, una camilla de clínica para observar a los pacientes; junto a ella, un armario blanco en el que guardaba las medicinas y sus instrumentos.

El doctor levantó la cara, parecía algo confundido al verme allí. Estuve por disculparme y salir del despacho, pero me mantuve quieta a unos pasos de la mesa, esperando que me preguntase.

—*Frau* Hannemann, ¿a qué se debe esta agradable visita? No la esperaba. ¿Ha surgido algún problema con los niños? —preguntó frunciendo el ceño.

Aunque su preocupación parecía sincera, no dejaba de sorprenderme. ¿Cómo era posible que se sintiera tan cercano a ellos y al mismo tiempo fuera capaz de enviarlos a la muerte cuando enfermaban?

—No, *Herr Doktor*, es un asunto personal —le contesté sin poder disimular mi nerviosismo.

—Entiendo. Nunca me ha pedido nada personal, imagino que se trata de algo verdaderamente importante. Pienso que usted es una buena madre alemana, un verdadero ejemplo para nuestra raza. Le he hablado de usted a mi esposa Irene y me ha pedido venir esta tarde al campo para ver su guardería —dijo Mengele.

No me esperaba algo así. Nunca habíamos visto a la mujer de ningún nazi en el campamento, pero Mengele no era un miembro de las SS corriente. Frente a la bestialidad y frialdad de la mayoría de sus compañeros, él siempre parecía mantener la calma.

—Será un placer recibirla —le comenté.

—No la llevaría a ninguna otra parte del campo, comprenderá que este no es un buen sitio para las mujeres.

Me sorprendió su comentario. ¿Acaso nosotras no éramos madres y esposas como su Irene? Cada día morían miles de niños, ancianos y mujeres, pero para ellos no éramos más que números tatuados o estadísticas en un cuaderno de entradas y salidas.

—En el campamento de mujeres ha comenzado una epidemia de tifus, pero afortunadamente este campo está algo alejado del foco principal. Será apenas una hora y después me la llevaré —comentó, como si se estuviera convenciendo él mismo de que su esposa no correría mucho peligro si venía a visitarnos.

—En dos horas será la fiesta.

—Perfecto, acudiremos a ella. Ya sabe que cuando a una mujer se le mete en la cabeza algo es muy difícil disuadirla. ¿Qué quería contarme? —me preguntó mirando de nuevo sus informes.

Me quedé callada. Tal vez aquel no era un buen momento. El doctor parecía ocupado y algo preocupado por su esposa, pero cuando estaba a punto de abrir la boca me comentó:

—Venga, cuénteme qué pasa —insistió el doctor.

—Han localizado a mi esposo, se encuentra en el Kanada, quería pedirle que me permitiera verlo. Desde que llegué en mayo no sabía nada de él —dije con voz acelerada, como si quisiera soltarlo todo y salir corriendo de allí.

—Está bien. Le firmaré un permiso para ir a Kanada. Tendrá una hora después de la fiesta. No estoy seguro de que le permitan verlo a solas, pero no podré permitirle que se repita esto en otras ocasiones. Las relaciones personales entretienen a mis ayudantes de su trabajo. Usted ha sido leal y quiero que sepa que le estoy agradecido, pero el trabajo es lo primero. ¿Entendido? —me preguntó con su mirada gélida.

—Sí, *Herr Doktor* —le contesté tragando saliva.

Tomó una de las hojas con membrete, escribió en ella durante unos segundos y después de ponerle el sello me la pasó.

—Una hora, ni un minuto más —me dijo, mirándome directamente a los ojos.

—Sí, *Herr Doktor*.

Salí del laboratorio con el corazón saliéndoseme del pecho. Los niños no podrían ver a su padre; de hecho, no pensaba decirles nada hasta el día siguiente para que no se pusieran nerviosos, pero cuando supieran que estaba bien y apenas a unos cientos de metros de nosotros, se pondrían muy contentos.

En la barraca de la guardería, la emoción había invadido los pequeños corazones de todos los niños. Era la primera fiesta que celebraban en el campo y, aunque no podíamos ofrecer grandes cosas, gracias a la colaboración de todos había conseguido cocinar un sencillo bizcocho y cubrirlo de chocolate. Un verdadero manjar para todos los asistentes al cumpleaños.

Advertí a los alumnos de que en una hora llegaría la mujer del doctor Mengele y que debían mostrarse con ella con la mayor amabilidad y educación. Ventilamos las barracas, para que el sudor y el olor de los pañales no enrarecieran el ambiente. Mientras las madres gitanas llevaban a todos los niños a jugar afuera, Kasandra, Maja, Zelma y yo decoramos la sala para la fiesta. Con papeles, hicimos guirnaldas de colores, conseguimos algunos globos y serpentinas. Cuando terminamos la tarea nos sentíamos entusiasmadas, casi por un momento me olvidé de mi salida después de la fiesta para ver a Johann.

Formamos a los niños entre las barracas y esperamos a la sombra a que llegara el doctor con su esposa. Tras más de una hora de espera, no acudieron a la cita. Pensé que al final Mengele lo había considerado mejor, sabía que lo que su esposa tendría que ver en el campamento podría afectarle, por eso supe que no vendrían.

Los niños estaban cansados, acalorados y deseosos de comenzar la fiesta. Les dejamos entrar en el edificio y no nos cansamos de ver sus ojos abiertos y caras de sorpresa al contemplar los adornos. Emily y Ernest parecían tan emocionados que apenas pude contener las lágrimas.

—Empezaremos con los juegos —dije al grupo de niños, que comenzó a gritar y saltar de emoción.

Durante aquella hora viajamos a un lugar muy alejado de aquellas alambradas. Los niños buscaron un tesoro, descubrieron un secreto, escucharon una historia y las profesoras prepararon una pequeña representación con marionetas improvisadas. Nunca los había visto tan felices, pero la sorpresa máxima fue cuando apagamos las luces y yo aparecí con el bizcocho y dos velas encendidas. Los gemelos se miraron el uno al otro con la boca abierta y, cuando dejé el pastel sobre la mesa, les abracé.

—Poneros todos juntos —comenté a todos los niños.

Se apretujaron unos contra otros aplastando a los gemelos, que se habían puesto de rodillas para soplar las velas. Me hubiera encantando poder hacerles una foto, aunque pensé que aquel lugar no era un sitio que debieran recordar de mayores.

—¿Habéis pedido un deseo? —pregunté a los niños.

—Sí, mamá— contestaron a coro.

—No lo digáis, para que se cumpla —les advertí, pero los dos niños me hicieron caso omiso.

—Queremos que papá esté bien y que podamos verle —dijo Ernest.

Me quedé paralizada. Fueron unos segundos, pero por mi cabeza pasaron imágenes de los últimos cumpleaños. Siempre había estado Johann presente, ese era el primero que se perdía.

—¡Soplad! —grité disimulando las lágrimas que comenzaban a recorrer mis mejillas.

Los dos gemelos apagaron las velas y todos comenzamos a cantar. La sala se llenó de las voces inocentes de casi un centenar de niños y su canto se pudo escuchar en todo el campamento. Estábamos celebrando la vida en medio de un camposanto. Por un instante, me pareció un sacrilegio, pero después sentí que, mientras los niños cantasen, el mundo tendría aún una esperanza de salvación. Sus voces alimentaban nuestras almas, que a aquellas alturas estaban tan enflaquecidas como nuestros cuerpos. El mal se movía con tanta fuerza en Auschwitz que parecía una tierra angosta y estéril, en la que todo lo bueno terminaba por marchitarse tarde o temprano. Aquella guardería en medio del horror no podía ser una excepción, lo sabía, pero intentaba disfrutar de lo que cada día nos regalase. Una vela por cada año de vida. En Birkenau debíamos soplar una por cada hora y cada minuto, un año era un tiempo inimaginable.

# 12

Auschwitz, agosto de 1943

Me costó justificar ante mis hijos a dónde me dirigía. No quería decirles que iba a ver a su padre, porque ellos no podían venir conmigo. Los gemelos continuaban tan emocionados por su cumpleaños y el pequeño caballo de madera tallada que les había regalado que no protestaron mucho. La pequeña estaba agotada, los dos mayores opusieron más resistencia y no dejaron de hacerme preguntas hasta que, dejándoles a cargo de Zelma, me dirigí a la entrada del campamento gitano.

El camino por la avenida se me hizo más largo que de costumbre. Tenía al menos que atravesar tres controles y, aunque llevaba un salvoconducto del doctor Mengele, eso no me aseguraba que los guardas me dejaran pasar. Al llegar enfrente de la barraca de las oficinas miré a ambos lados para asegurarme de que no estaba ninguna de las guardianas. Afortunadamente para mí, a esas horas se encontraban en el andén ayudando a seleccionar los prisioneros.

Nunca me había acercado tanto a la salida, por eso cuando me paré frente a la puerta de la alambrada noté cómo la respiración se me aceleraba. En los últimos meses había vivido en el campamento y aquellas paredes transparentes se habían convertido en la peor cárcel del mundo.

—¿Qué le sucede? —preguntó el soldado en forma áspera.

No esperaba ningún miramiento, para ellos era únicamente un número, en el mejor de los casos, o escoria a la que se podía pisotear.

—El doctor Mengele me dio un pase para ir a visitar Kanada —le contesté temblorosa mientras le entregaba el papel.

El soldado sujetaba el fusil con una mano mientras que con la otra tomó el salvoconducto y se dirigió a la caseta donde la guardia se refugiaba en caso de lluvia o nieve. Un sargento salió del pequeño edificio de madera y se acercó hasta mí.

—Todo está correcto, pero dentro de una hora anochecerá. Tiene que regresar antes de que se ponga el sol.

Respiré aliviada, hice un gesto afirmativo con la cabeza y me guardé el papel. Cuando atravesé la entrada fui consciente en ese instante de dos cosas. La primera tenía que ver con mi apariencia física: llevaba mucho tiempo sin tener un espejo, sin teñirme las canas, que me crecían rebeldes en el flequillo, y, aunque me habían ayudado a cortarme el pelo, mi aspecto debía de ser deplorable. Tenía el rostro demacrado por las ojeras y la delgadez, el traje viejo y desgastado, una bata ajada de enfermera y unos zapatos totalmente rozados en las puntas. Tomé de uno de los bolsillos de la bata una cinta rosa e intenté colocarme bien la melena rubia, después me pellizqué los pómulos para disimular la palidez de mis mejillas y comencé a caminar con paso acelerado hacia Kanada. La segunda cosa de la que fui consciente fue de que en el campamento no se llamaba a nadie por nombre, tendría que buscar entre las mil personas que componían los comandos de trabajo de Kanada. Eso me llevaría demasiado tiempo, lo que reducía mis posibilidades de encontrar a mi marido y, en el caso de hacerlo, apenas dispondríamos de tiempo para conversar un rato.

La gran avenida estaba complementa desierta. Las grandes torretas de vigilancia interrumpían el monótono paisaje de alambradas y barracas al fondo. Pasé junto a la puerta que daba al hospital y me paré ante un nuevo control. El número de soldados era mucho mayor que en el campo gitano. Kanada guardaba verdaderos tesoros robados a los prisioneros asesinados. Mostré el salvoconducto al sargento y me dejaron entrar en una de las zonas de más difícil acceso de Birkenau. Pasé entre dos grandes edificios de chimeneas, los crematorios 4 y 5 respectivamente. Intenté no entretenerme y tras rodear uno de los edificios, me encontré frente a la entrada de Kanada.

Desde mi llegada a Auschwitz había escuchado todo tipo de rumores acerca de aquel sitio; la mayoría de ellos eran ciertos. Lo primero que me sorprendió fue la inmensidad de Kanada. Era el doble de ancho que nuestro campamento, aunque menos alargado. Había decenas de barracas ordenadas en filas; en las del fondo se acumulaban montañas de ropa, zapatos y maletas, esperando ser clasificadas. Debido al buen tiempo y a la llegada masiva de trenes aquel verano, los comandos no daban abasto con su macabro trabajo.

Mostré el salvoconducto a los guardas de la entrada y me franquearon el paso sin ningún problema. Observé por unos instantes el más de medio centenar de barracas y me invadió el desánimo. Me parecía imposible encontrar a Johann en tan poco tiempo, en un lugar como aquel. La única oportunidad que tenía era preguntar por él, con la esperanza de que no hubiera muchos gitanos en Kanada.

—Perdone, ¿dónde están los barracones de los hombres? —pregunté a una joven vestida con pantalones, maquillada y con el pelo bien peinado.

Me sorprendió su aspecto saludable y la ropa que llevaba. De hecho, en aquel lugar la mayoría de la gente parecía sana y no vestía los andrajos del resto de los campos. La muchacha me miró con aire desenfadado, después me señaló con desgana las barracas de mi derecha y se perdió entre las montañas de objetos a la puerta de una de ellas. Caminé lo más rápido que pude hasta la zona de hombres. Me aproximé a uno de los primeros edificios y pregunté a un señor de unos cuarenta años. Tenía el pelo castaño y vestía con un traje algo viejo pero elegante.

—Estoy buscando a un hombre gitano llamado Johann, es violinista —le expliqué. Se me ocurrió pensar que, como músico, se hubiera unido a alguna banda de Kanada.

—Un gitano —dijo el hombre en tono de desprecio—. No he visto a ninguno por aquí.

Continué mi búsqueda desesperada y cuando miré de nuevo al cielo pude contemplar cómo el sol poco a poco parecía derrumbarse sobre el bosque en el lejano horizonte. *No te rindas*, me dije mientras comenzaba a entrar en cada barraca gritando el nombre de mi marido. Estaba tan cerca de conseguir mi objetivo que no podía rendirme ahora. Tenía que verle aunque fuese por última vez.

Entré en dos o tres barracas preguntando por mi esposo, pero sin ningún resultado. Caminé a toda prisa parando e interrogando a los hombres que se cruzaban en mi camino, hasta que cuando estaba a punto de desistir me topé con un joven de poco más de quince años. Llevaba una gorra calada, una especie de mono de trabajo y unas botas militares que le quedaban grandes.

—Señora, yo sí conozco al gitano. Se encuentra en la barraca 45, pero en este momento está trabajando en el andén. Algunos de nosotros vamos hasta allí para recoger las maletas después de la selección —me explicó.

Estuve a punto de echarme a llorar. Intenté sobreponerme o al menos conformarme con saber que Johann se encontraba bien. Pero no podía creer que se me escapara una oportunidad como aquella.

—Puedes darle esto —le dije, mostrándole un papel que había logrado escribir unas horas antes.

—Sí, señora.

Le di las gracias y me dirigí hasta la salida. No podía entender mi mala suerte, aunque, por otro lado, sabía que no debía quejarme, la mayoría de la gente había perdido a casi todos sus seres queridos nada más poner sus pies en Auschwitz, y yo por ahora los conservaba a todos con vida.

Estaba atravesando la primera alambrada cuando por el fondo apareció un centenar de hombres acarreando maletas. Me quedé unos segundos parada, quería ver si alguno de ellos era Johann. El comando especial fue entrando en el campamento escoltado por soldados y kapos, caminé entre las filas impaciente, pero no vi entre ellos a mi esposo. Después comencé a gritar su nombre.

—Señora, no puede estar aquí — me riñó un kapo apartándome con la porra.

—Tengo un salvoconducto, mi marido se encuentra entre estos hombres. Es Johann, el gitano —le expliqué muy nerviosa.

De repente todos los hombres comenzaron a gritar el nombre de mi esposo, el coro se extendió a lo largo de las filas. Al minuto salió de entre el grupo un hombre, parecía rondar casi los cincuenta años de edad. Su ropa consistía en una sencilla camisa violeta y un pantalón negro que le quedaba un poco grande debido a su extrema delgadez.

—¡Helene! —gritó el hombre con una voz que reconocí de inmediato. Al escuchar mi nombre de nuevo de sus labios me flaquearon las piernas y comencé a llorar.

Corrimos el uno hacia el otro hasta fundirnos en un largo abrazo. Apenas cruzamos palabras. Dos mitades no necesitan comunicarse, únicamente fusionarse de nuevo en una. Nos besamos delante del resto de los hombres sin pudor, ante la mirada asombrada de los guardas y los kapos. De alguna manera, toda aquella gente vio en nosotros representada su propia vida, cuando caminaban libres por el mundo, antes de convertirse en verdugos, víctimas o fantasmas.

—Hoy es el cumpleaños de los gemelos —dijo, mientras nuestros rostros empapados en lágrimas no dejaban de encontrarse.

—Sí, todos están bien y te echan mucho de menos.

—Dios mío, creía que os había perdido para siempre —contestó, comenzando a sollozar como un niño.

Le apreté con fuerza, sentí sus costillas y su piel sudorosa. Pude oler su esencia, después atrapé su rostro entre mis manos e intenté con todas mis fuerzas retener en mis retinas aquella mirada. Seguía siendo bello a pesar de los golpes de la vida. Sus mejillas hundidas y su cara a medio afeitar, el hoyuelo de la barbilla y las cejas algo pobladas, el pelo moreno algo cano peinado hacia atrás, formaban un rostro hermoso y varonil. Por un segundo lo hubiera dejado todo por él, hasta a mis propios hijos. Eso es algo que únicamente puede entender una mujer enamorada que recupera a su amor perdido. Cuando ves a tu amado te queman las entrañas. Sientes que esa mitad destruida y abandonada encaja de nuevo, de repente el dolor y el sufrimiento parecen fantasmas lejanos. Quería tocar su cara, besar sus labios, dejarme templar por sus dedos largos de música. Ser de nuevo su esposa, la misma carne y sangre.

Aquellos fueron los únicos minutos que se me pasaron rápido en Auschwitz. El tiempo parecía retenido a este lado de la alambrada, pero junto a Johann las manecillas del reloj parecían volar, impulsadas por el temor que siempre le tiene Cronos a Afrodita.

El sol comenzó a declinar, las sombras se alargaron de nuevo y nuestras manos se resistieron a separarse cuando comencé a caminar hacia los crematorios.

—¿Te volveré a ver? —me preguntó como si pensara que todo aquello se trataba de un sueño. Sus ojos temblaron de dolor, me apresuré a besarle en los labios. Fue fugaz, como un soplo de viento fresco en el desierto, pero suficiente para regresar a la dura tarea que me había asignado el destino: ser la guardiana del laberinto, ofreciendo cada noche al Minotauro su horrenda ofrenda de muerte y dolor.

No quise mentirle y dejé que el silencio respondiera sus dudas. Nuestros dedos se rozaron por última vez y sentí una descarga eléctrica en las yemas. Caminé de espaldas unos metros. El comando comenzó a entrar en Kanada a empujones, todos estaban hipnotizados por lo que acababan de ver. El amor no existía en Auschwitz y, si lograba crecer entre la podredumbre infecta de sus calles, en seguida se marchitaba, achicharrado por el odio perenne del campo.

Mientras me dirigía hacia la segunda guardia, sentí que mi alma ya no me acompañaba. No podía reprimir la sensación de que estaba hueca por dentro, seca y vacía. Intenté animarme con pensamientos halagüeños, pero no logré engañarme. Anduve a paso rápido por la avenida, ya no temía a los guardas, lo único que me movía era el instinto maternal, el deseo de regresar con mis cachorros para acunarlos a mi lado. Cuando entré en el campo gitano sentí que penetraba de nuevo en la boca del infierno. Pensé en rendirme, pero sabía que debía ser fuerte, casi un centenar de niños dependía de mí, también mis hijos y las mujeres a mi cargo. Un simple error podía destruir lo que habíamos construido con tantas dificultades, pero he de reconocer que en ese momento lo único que sentía en mi alma era un inmenso vacío.

La avenida parecía desierta, ya que estaba prohibido salir de las barracas tras la puesta del sol. Los guardas validaron mi salvoconducto y tardé casi diez minutos en llegar a la guardería. Los tres más pequeños ya estaban acostados, mi amiga Ludwika me examinó con la mirada interrogándome sin palabras sobre el propósito de mi salida. Intenté disimular mi dolor, acosté a Blaz y Otis, entorné la puerta y me senté junto a ella.

—¿Has conseguido verle?

—Sí, estaba a punto de rendirme cuando él llegaba con un comando. Fueron apenas unos minutos, pero pude tocarle y besarle —contesté con un nudo en la garganta, intentando aguantar de nuevo las lágrimas.

—Me alegro mucho por ti —comentó muy seria.

En cierto sentido, estaba siendo muy egoísta. Todos los que nos encontrábamos en Auschwitz teníamos una historia triste que contar y alguien al que amábamos, perdido para siempre en el cielo de Polonia. Mi amiga también tenía sus penas. De repente, Ludwika pareció recuperarse de algún golpe recibido en su memoria y me tomó la mano.

—No te rindas. Estás haciendo algo realmente bello con esos niños. Desde que llegaste aquí, un rayo de esperanza ha penetrado en todo el campamento. Puede que no seas consciente de ello, pero nos inspiras e iluminas a todos. Mira lo que has conseguido en apenas unos meses —dijo señalando la guardería—, pero esto es únicamente el principio. La tormenta está aún por llegar. La guerra no va bien para los alemanes y no sé cómo reaccionarán cuando se den cuenta de que están a punto de perder. Me temo lo peor, por eso es importante que gente como tú nos guíe en el camino.

—Yo no soy nadie, únicamente una pobre madre cuidando de sus hijos —le contesté.

—No, Helene. Dios te ha enviado para que nos guíes, necesitábamos un soplo de esperanza y te presentaste con tu hermosa familia. Nunca he conocido a una mujer tan valiente y decidida —dijo abrazándome.

A veces tenemos que perderlo todo para lograr obtener lo más importante. Cuando la vida nos despoja de aquello que creíamos imprescindible y nos encontramos desnudos ante la realidad, lo esencial que es siempre invisible a los ojos cobra su verdadera importancia.

—Me haces sentirme de nuevo orgullosa de pertenecer a la raza humana, Helene Hannemann.

Aquellas palabras hicieron que recuperara el aliento que había perdido en Kanada, cuando tuve que alejarme de Johann.

—Mientras me mantenga viva y con fuerzas en el campamento haré todo lo posible para que nos traten como a seres humanos. No será fácil, pero intentaremos no perder nunca nuestra dignidad.

Mi amiga se puso en pie. Su barbilla estaba erguida, de alguna manera había recuperado el orgullo perdido desde su llegada a Auschwitz, noté en su mirada que había perdido el miedo. Aquel era la verdadera arma de los nazis, someternos infligiéndonos un gran temor.

Meses después recordé las palabras de aquella conversación. Mi amiga tenía razón, la tormenta se acercaba al final del verano, aunque por un instante creímos que pasaría de largo y nuestro barco no se hundiría en lo más profundo del océano de los campos de exterminio nazi.

# 13

Auschwitz, octubre de 1943

Tal y como habíamos pensado, la situación a lo largo del verano se fue deteriorando de manera lenta pero progresiva. Ya era un secreto a voces que los nazis estaban perdiendo la guerra. Las noticias de las grandes derrotas en el frente ruso nos llegaban con cuentagotas, pero también sabíamos de los avances de los aliados en Italia y la destrucción de la mayor parte de la fuerza aérea alemana. Desde el invierno, los bombardeos sobre las ciudades eran generalizados y casi todos los días escuchábamos aviones sobrevolando nuestras cabezas. Las cosas no iban mejor en Auschwitz, los guardianes estaban nerviosos por la marcha del conflicto; además, desde Berlín se había mandado un inspector llamado Konrad Morgen. Tras su llegada el propio doctor Mengele parecía más tenso.

Ya no le veíamos tanto por el campo gitano, se pasaba el tiempo entre los andenes y la barraca 14 del campamento del hospital, donde se había llevado a la mayor parte de los gemelos, para realizar sus experimentos con ellos. Nadie sabía para qué quería a las pobres criaturas, aunque algunos rumoreaban que su deseo era hacer más fecundas a las madres alemanas, para que con su prole llenaran la tierra. Para los nazis, las mujeres éramos poco más que amas de cría. Lo único que les interesaba era nuestra fertilidad, debíamos tener hijos fuertes y sanos para el Reich, aunque luego este los llevara al fuego desgarrador de la guerra. ¿Cuántos buenos muchachos habían muerto en las estepas rusas o en los desiertos de África por su líder? Mengele soñaba con alimentar la maquinaria de destrucción nazi con más criaturas inocentes de ojos claros y pelo pajizo. Tampoco parecía ya muy interesando en la guardería. A pesar de mis peticiones reiteradas para que pidiera el material necesario para los niños, el doctor se limitaba a mandar una carta formal al comandante del campo o simplemente a ignorarme. Para él éramos solo un juguete roto que ya apenas le interesaba.

Yo intentaba encarar los problemas de manera positiva y no pensar demasiado en el futuro.

A pesar de los problemas y el deterioro generalizado del campamento, unos meses antes, un anciano llamado Antonin Strnad había formado con permiso de los guardianes una pequeña escuela para los adolescentes, adonde iba mi hijo Blaz, quien intentaba compaginarla con los ensayos diarios de la orquesta gitana a los que acudía cada tarde. El resto de su tiempo lo dedicaba a ayudarme en la guardería y con los pequeños por las noches.

Aquel domingo mi hijo se encontraba muy nervioso, algunos de los oficiales del campo venían ese día para escuchar nuestra banda y sus componentes eran conscientes de lo peligroso que podía llegar a ser no agradar a los nazis. Mi intención era aprovechar la visita de los oficiales a nuestro campo para rogarles que nos facilitasen más medios para cuidar a los niños.

El comandante del campo llegó con los oficiales poco antes de las doce de la mañana. Llevábamos una semana sin lluvias, pero, por lo que me habían contado algunas prisioneras, en cuanto comenzaba el mes de noviembre, el tiempo en Auschwitz solía ser extremadamente duro. Nevadas continuadas, lluvias incesantes y un frío que te calaba hasta los huesos.

La comitiva se sentó en las sillas que habíamos colocado al lado de las primeras barracas del campamento. Todos los prisioneros parecían algo alterados por la visita, pero, ante las amenazas y los golpes de los kapos, terminaron por tranquilizarse y sentarse en el suelo los más pequeños, y los más grandes por colocarse de pie para escuchar el concierto.

La música comenzó a resonar aquella gélida mañana dominical y por unos instantes todos nos olvidamos de las duras condiciones de las últimas semanas y nos dejamos transportar por las notas etéreas de la música. Cerré los ojos por unos instantes y me olvidé de donde me encontraba. La luz penetraba tímidamente por mis párpados cerrados y me sentí por un segundo en paz. Aquel bello sonido parecía causar el mismo efecto entre los verdugos y sus víctimas, su maldad no les impedía ser almas maltratadas, que habían zozobrado en un océano de desprecio y poco a poco se hundían en su propia crueldad.

Cuando volví a abrir los ojos disfruté de la increíble estampa de mi hijo tocando el violín con la mayor de las pericias. Por un instante me recordó a Johann cuando era joven. Tenía su misma elegancia sencilla, adoptaba mientras interpretaba una postura relajada, como si no tuviera los pies en el suelo. El violín sonaba triste en sus manos, pero al mismo tiempo era capaz de arrancar de nuestro ser los sentimientos que llevábamos meses reprimiendo.

Muy cerca de mí se encontraba Mengele, los prisioneros habían traído sillas también para el personal médico y cada vez que me volvía contemplaba su rostro extasiado. En los pocos meses que nos conocíamos, su aspecto había sufrido una gran metamorfosis. Recordé en ese momento la historia del libro escrito por Oscar Wilde, *El retrato de Dorian Grey*. En ese relato, el protagonista vendía su alma al diablo para conservar su belleza y juventud, pero aunque mantenía a lo largo del tiempo su gran atractivo exterior, su interior se iba deteriorando y se hacía patente en un cuadro que mantenía oculto bajo llave en una habitación, hasta que poco a poco el dibujo se convertía en el retrato de un monstruo.

Hasta aquel día no lo supe, o al menos no lo había logrado verbalizar. Tenía verdadero temor de Mengele. Recuerdo cuando Zosia, una de las ayudantes del doctor en sus experimentos, una mañana acudió a la guardería por unos gemelos. La acompañé hasta la puerta y apenas habíamos cruzado el umbral cuando Zosia mandó a los hermanos que caminasen solos hasta la avenida. Después se puso las manos sobre el rostro y comenzó a llorar.

—No puedo más. Si supiera lo que ese loco hace con esos pobres chiquillos. Cada día me levanto con la idea de que será el último en el que tenga que ayudarle. Por las mañanas mi primer pensamiento es lanzarme contra las alambradas electrificadas y terminar con todo, pero me falta valor —dijo la joven con la voz entrecortada.

—Ya no queda mucho para que todo esto termine, los aliados llegarán pronto y nos liberarán —le comenté, con el deseo de animarla un poco.

—Pero antes ese monstruo torturará cada semana a cientos de niños...

Aquellas palabras me dejaron perpleja. Muchos murmuraban sobre lo que ocurría en la Sauna y en la barraca 14 del hospital, a la que algunos llamaban el Zoo, pero escucharlo de primera mano de una de las ayudantes del doctor hizo que sintiera un escalofrío por la espalda.

—Cada día realizamos experimentos con niños de todas las edades. Primero investigamos y realizamos ensayos para intentar cambiar el pigmento de sus ojos, muchas pobres criaturas han muerto por infecciones o se han quedado ciegas. Ahora infectamos a los pequeños con todo tipo de enfermedades, para matarlos y hacerles la autopsia. ¡Es terrible! ¡No puedo soportarlo más!

Abracé a la joven mientras las niñas gemelas nos esperaban a unos pocos metros de distancia. Las observé por unos segundos, Elena y Josefina eran dos hermosas niñas pequeñas de origen judío que habían sido seleccionadas por el doctor al poco tiempo de llegar. Normalmente dormían en la barraca de los huérfanos, pero yo sabía que, cuando eran oficialmente solicitadas por el doctor, ningún niño regresaba jamás a la guardería o al campo gitano, se quedaba en la barraca 14 del hospital. Los casos de gemelos solicitados por Mengele fueron al principio esporádicos, pero desde agosto no había prácticamente una semana en la que dos o incluso tres parejas de gemelos salieran de nuestro campo, para no regresar nunca más. Desde septiembre sabías que escaseaban las nuevas parejas de gemelos y cada día me asaltaba el temor de que el doctor me pidiera a mis propios hijos, para realizar sus terribles experimentos.

Noté una fuerte opresión en el pecho, respiré hondo y abracé a Zosia, que rompió a llorar, dejé que se desahogara por unos minutos. Después se recompuso, se secó las lágrimas de los ojos y me dijo que se encontraba mucho mejor. Mientras se alejaba jugando con las niñas de la mano, odié con toda mi alma a Mengele y al resto de los nazis del campo. Además de ser nuestros verdugos, corrompían nuestras almas para llevarse lo más preciado que teníamos, nuestra humanidad.

En cuanto terminó el concierto me acerqué a él. Estaba hablando con otros oficiales e hizo como si no me reconociese. Me quedé a su lado con la determinación de pedirle que mejorara las condiciones de la guardería. A medida que pasaban los minutos me sentía más nerviosa. Al final se giró, me miró de arriba abajo con su mirada gélida y esbozó una suave sonrisa.

—Veo que tiene algo importante que comunicarme, prisionera.

—Sí, *Herr Doktor* —contesté titubeante.

—He recibido sus informes y peticiones. Hago lo que puedo, pero la situación ha cambiado notablemente en los últimos meses. Los bombardeos de esos diablos marxistas y judíos se están intensificando, se cuentan por miles los niños alemanes que se quedan sin casa y apenas tienen algo que llevarse a la boca. ¿No querrá que dejemos de alimentar bocas alemanas para dar de comer a ratas judías o de razas inferiores? —dijo con el ceño fruncido.

Sabía que no era buena idea responder aquella pregunta, pero noté cómo una sensación de furia ascendía desde mi vientre hasta mi boca. Respiré hondo e, intentando calmar el tono, le contesté:

—Entiendo la situación, pero ya no tenemos leche, las raciones son muy escasas y la mayoría de los niños están enfermando. No creo que logre superar el invierno ni la mitad de ellos.

—Bueno, entonces serán menos bocas que alimentar. No lo olvide, los más fuertes sobreviven, es pura selección natural —me comentó indiferente.

—Están encerrados y no tienen ninguna posibilidad de sobrevivir, no se trata de selección natural, simplemente de dejarlos morir de hambre, frío y miseria —le dije furiosa.

—¡Cuide su tono! Hasta ahora he consentido sus impertinencias porque se trata de una mujer alemana de raza aria, pero mi paciencia tiene un límite. Recuerde que tiene a cinco bocas que alimentar, preocúpese por ellas y no por esos gitanos. ¿Qué le importa lo que les suceda a los demás? Lo que recibo del Instituto Káiser Guillermo únicamente me da para alimentar a los niños de la barraca 14 de la zona hospitalaria. No puedo mantener a todos los gitanos de Birkenau, no soy su padre —contestó totalmente fuera de sí.

Mientras hablaba, su rostro se aproximaba cada vez más al mío. Le salían espumarajos de la boca. Me aparté un poco, temblaba de miedo y furia, nunca había visto tan alterado al doctor. El resto de los oficiales se giró para ver qué sucedía, Mengele se percató y comenzó a calmarse de repente.

—Este no es un buen sitio para conversar de un tema tan delicado. Le espero en una hora en mi despacho. Por favor, sea puntual. Deseo zanjar este tema para siempre —dijo muy enfadado, pero con el tono de voz suave y un gesto más sosegado. Después me dio la espalda y sonrió al resto de los oficiales, como si de nuevo se hubiera transformado en otra persona. El encantador Josef capaz de engatusar a las damas y tener una magnífica conversación.

Tomé a mis hijos de la mano y me los llevé a la guardería. Deseaba alejarme lo más posible de él. Zelma me siguió y logró alcanzarme antes de que llegara a la barraca. Puso su mano sobre mi hombro y con cara triste me preguntó:

—¿Qué te ha dicho el doctor?

—Que quiere hablar más tarde conmigo —le contesté sin querer entrar en detalles.

—Esta semana han muerto cinco niños más. A este ritmo perderemos a la mitad de los nuestros antes de enero —dijo con un rictus nervioso en la cara.

—Lo sé, pienso en ello cada minuto del día. Es algo que me tortura, ya te dije que intentaré hacer lo que pueda para remediarlo, pero no será fácil —quise explicar a la joven, aunque en el fondo intentaba convencerme a mí misma de que debía llegar hasta el final para intentar convencer al doctor Mengele de que todavía le éramos útiles.

—Rezaré por ti. No es fácil pactar con el diablo —me contestó Zelma antes de irse cabizbaja.

Mientras la banda de música se dispersaba, los prisioneros regresaron a su terrible rutina de horror y muerte. En los últimos meses, casi todas las familias gitanas habían perdido a uno o dos de sus seres queridos. Las primeras víctimas habían sido los bebés, desde que estábamos en el campo habían nacido más de doscientos, pero el ochenta por ciento de ellos apenas había logrado superar la primera semana de vida. Después comenzaron a morir los niños pequeños, debido a la malnutrición y la colitis crónica, que a la mayoría les dejaba tan débiles que un leve constipado terminaba con sus pobres vidas de manera fulminante. Los adultos también habían comenzado a desaparecer poco a poco. Para los nazis era todo un alivio, ya que así tendrían menos bocas que alimentar.

—¿Mamá, nos vamos? —me preguntó Blaz sacándome por unos segundos de mis pensamientos.

—Sí, regresemos a la guardería. Has tocado muy bien esta mañana. Puede que tu padre te haya escuchado al otro lado de la alambrada. Kanada está muy cerca de aquí y el viento es capaz de llevar la música a cientos de metros de distancia —le comenté para intentar animarle un poco. Blaz podía interpretar mejor que nadie mi estado de ánimo y sabía que me encontraba muy preocupada por ellos y el resto de los niños del campamento.

A la mañana siguiente de reunirme con Johann, conté a mis hijos el fugaz encuentro que había tenido con su padre el día del cumpleaños de los gemelos. Todos comenzaron a protestar por no

haber podido verle, a excepción de Blaz. Él comprendía perfectamente que, de haber sido posible que ellos le vieran, les habría
llevado a todos conmigo.

—Lo único que no me gusta es tener que interpretar delante
de toda esa gente. Son malos, mamá. Nuestro profesor, el señor
Antonin, nos ha contado lo que hacen a la gente en las casas de las
chimeneas, los matan. Mujeres, niños pequeños y ancianos son
asfixiados cada día.

Le escuché horrorizada, era consciente de que un niño como
él tarde o temprano se enteraría de lo que sucedía a la gente que
llegaba en los trenes, pero me atemorizaba pensar cómo ese
horror podía afectar a su mente casi infantil. Un niño de once
años no está preparado para saber ciertas cosas, ni para vivir las
experiencias que le había tocado experimentar en Auschwitz.

—No hables de eso con nadie, ¿entendido? Tenemos que
sobrevivir, Blaz. Nuestra única esperanza es aguantar hasta el
final de la guerra. Pero para sobrevivir hay que pasar desapercibidos y no llamar la atención.

En ese momento se acercó el resto de los niños e interrumpi-
mos la conversación. Los minutos se me hicieron interminables
aquella mañana. En unas horas debería enfrentarme de nuevo con
Mengele y la sola idea de entrar en su laboratorio hacía que se me
pusieran los pelos de punta. Siempre había sido consciente de que
mi vida estaba en sus manos, pero ahora temía más lo que podía
hacerles a mis hijos.

Ludwika vino a las cuatro a la guardería. Cuando escuché
cómo llamaba a la puerta me sobresalté, a pesar de que era consciente de que el doctor Mengele en raras ocasiones pasaba personalmente a vernos. Mi amiga trató de tranquilizarme. Los niños
intuían que algo malo pasaba y no dejaban de revolotear cerca de mí,
como unos cachorros temerosos que prefieren no alejarse mucho de

su madre. Ludwika se aferró a mi brazo y salimos al frescor de la avenida.

—Arréglate un poco, píntate los labios y muéstrate despreocupada —me dijo mi amiga mientras comenzaba a arreglarme un poco con un pintalabios.

—¿Te has vuelto loca? ¿Crees que voy a coquetear con ese individuo? —contesté furiosa. Me parecía increíble que alguien como Ludwika me propusiese algo tan vergonzoso.

—No quiero que lo seduzcas, él tiene ya una amante. Todos saben que desde que se fue su mujer se acuesta con Irma Grese. Esa maldita sádica es un demonio, pero imagino que los demonios se atraen entre ellos.

En aquel momento noté que el comentario de mi amiga me molestaba. Sabía que tenía razón, pero hasta en los momentos más terribles de Mengele siempre había visto una actitud humana. Sin duda, errada y despiadada, pero humana. Irma o María Mandel me parecían verdaderos monstruos.

Accedí a hacerle caso a mi amiga y me atusé un poco el pelo, después me pinté los labios y caminé hacia el laboratorio con decisión. Llevaba casada desde muy joven y mi experiencia con los hombres era tan escasa que no hubiera sabido seducir a ninguno. Hasta ese momento no comprendía que al sexo masculino no le hacía falta mucho para dejarse engatusar por una mujer.

Respiré hondo antes de entrar en la barraca de la Sauna, llamé y pasé sin esperar contestación. El doctor estaba sentado en su silla tomando un refresco. Nunca le había visto beber alcohol, algo muy común entre el resto del personal del campo. Llevaba la guerrera desabotonada y parecía realmente deprimido. Me sorprendió verle así, ya que no reflejaba ser el hombre arrogante con el que había discutido unas horas antes. Otto Rosenberg, uno de los chicos gitanos que le atendía en el campo, siempre contaba que el doctor pasaba la mayor parte del tiempo enfrascado en sus experimentos o con la mirada perdida en algún punto indefinido al otro lado de los sucios vidrios de la barraca.

—*Frau* Hannemann, por favor, pase y siéntese —me pidió con tanta amabilidad como el primer día que me invitó a venir a su laboratorio para hablar de la creación de la guardería.

—Gracias, *Herr Doktor* —le contesté asépticamente y me senté en la silla.

—Lamento mi comportamiento de esta mañana. El volumen de trabajo crece cada día y los medios son más escasos. Me gustaría centrarme en mis experimentos, pero los trenes se suceden sin cesar y paso mucho tiempo en el andén del campo. Un trabajo duro, pero necesario. La mayoría de esos pobres diablos no aguantarían ni un día en Birkenau.

—Lamento su situación, pero le aseguro que los niños del campo gitano están al borde de la muerte. Todos han comenzado a adelgazar y muchos se encuentran enfermos.

—Lo sé, soy el médico encargado de este campo. Aunque ahora me requieren cada vez más tiempo en el campo del hospital. Le aseguro que estamos muy preocupados por los niños gitanos, pero no es fácil conseguir ayuda —dijo Mengele poniéndose en pie. Sabía que aquello era mentira, ninguno de nosotros le importábamos un bledo, pero el doble lenguaje nazi siempre jugaba con las palabras ambiguas y sin sentido.

Caminó por la sala hasta situarse justo detrás de mi espalda. No podía verle, pero de alguna manera mi cuerpo percibía su presencia. Siempre olía a perfume y su uniforme desprendía la fragancia de la ropa limpia de la lavandería para oficiales. Hasta ese momento no había comprendido que, para muchos nazis, los primeros años en Auschwitz habían sido un largo campamento de verano que poco a poco llegaba a su fin.

—Pediré directamente al comandante que vuelva a enviar a la guardería leche, pan y otros alimentos. También el material escolar necesario. Los médicos me han hablado de una dolencia que están sufriendo muchos niños gitanos. Se llama noma. ¿Ha oído hablar de ella?

Lo cierto era que el doctor Senkteller y Ludwika me habían comentado que algunos niños tenían una extraña enfermedad en su rostro y genitales. Los casos se habían multiplicado últimamente y, después de la escasez de las semanas de otoño, la mitad de los niños tenían esa especie de úlceras sangrantes en el rostro. Yo me sentía aterrorizada por mis hijos, pero hasta el momento ninguno de ellos se había contagiado.

—La noma es una enfermedad endémica de África, pero hasta ahora no habíamos visto casos en Europa. Se trata de una infección polimicrobiana gangrenosa en la boca y los genitales. Las causas pueden ser diversas, pero influyen las condiciones sanitarias y la falta de vitaminas A y B. Normalmente la sufren los niños menores de doce años, y la tasa de mortalidad es muy alta, hasta un noventa por ciento de los enfermos.

Me quedé petrificada. Hasta el momento, los casos muy graves habían sido escasos, pero no podía imaginar que aquella enfermedad fuera tan mortal.

—Por eso he decidido no llevar a los gemelos a la guardería o la escuela infantil. Temo que puedan contraer la enfermedad —me explicó Mengele.

—Pero, ¿es una enfermedad contagiosa? —le pregunté. Recordaba haber dado algo sobre el tema en mi etapa en la escuela de enfermería, aunque nunca había visto un caso.

—Pensamos que no lo es. Se combate con antibióticos y mejorando la alimentación. Lo primero no puedo asegurar que pueda proporcionárselo, la mayoría de las medicinas van a parar al frente o las ciudades que están siendo bombardeadas todos los días por los ingleses y norteamericanos, pero mejoraremos en parte la alimentación de sus alumnos.

—Pero, *Herr Doktor*, la alimentación no será suficiente.

—Estoy investigando la noma con *Herr Doktor* Berthold Epstein y espero que logremos llegar lo antes posible a una cura más efectiva. Por ello, a algunos de los niños los hemos trasladado al campamento del hospital, sobre todo los casos más graves —me explicó Mengele.

Me puse en pie y me di la vuelta. Al menos había conseguido que el doctor accediera a mejorar en parte las condiciones de los niños gitanos del campo.

—No se extrañe si nos llevamos a algunos niños sanos, creemos que la noma tiene también un carácter hereditario. Los gitanos son muy endogámicos y la sífilis que sufren muchos de los hombres parece estar relacionada con la propensión a dicha enfermedad. En el campo de familias de los checos no se han dado apenas casos —comentó Mengele.

—Ellos llegaron hace apenas unos meses —le comenté.

Todos habíamos escuchado que los nazis habían permitido un campo de judíos checos con sus familias. Algo excepcional en Auschwitz, aunque la mayoría pensaba que era una manera de acallar las voces que desde fuera de Alemania se estuvieran levantando contra el maltrato que dispensaban a los judíos.

El doctor me sonrió y pude ver sus dos grandes incisivos separados. Parecía un joven travieso incapaz de hacer daño a nadie, pero ya no podía embaucarme con sus palabras suaves o sus gestos amables.

—Colaboraré con usted mientras mantenga su palabra de mejorar las condiciones de los niños. Por favor, no se olvide de que se trata de seres humanos como nosotros. Puede que su sangre no sea aria, pero es sangre igualmente, *Herr Doktor*.

El oficial frunció el ceño y cambió su expresión de inmediato. Por unos instantes, temí haberme excedido en el comentario. Pero sabía que Mengele me respetaba porque era capaz de decir delante de él lo que pensaba, aunque eso pudiera traerme terribles consecuencias. No dudaba de que mi condición de alemana y aria me protegía en cierto modo ante su mente racista y criminal, pero él sabía que nadie le hubiera reprochado nada si allí mismo me hubiera pegado un tiro.

—Algún día entenderá lo que estoy haciendo por Alemania y el mundo. No queremos exterminar a todas las razas, pero sí que cada una ocupe el lugar que le corresponde. Después de la guerra habrá una pequeña colonia para que vivan los gitanos, se lo he escuchado decir al propio Himmler, nuestro *Reichsführer-SS*. Le aseguro que él es un hombre de honor que siempre cumple su palabra.

No le contesté. Me limité a saludarle con una ligera inclinación de cabeza y el doctor me acompañó hasta la puerta. Cuando salí ya era noche cerrada. No quise girarme para despedirme de nuevo. De alguna manera, aquella tarde había perdido las últimas esperanzas de encontrar algo de humanidad en Mengele. Aquel doctor había completado su transformación maléfica en los seis meses que llevaba en Birkenau, aproximadamente el mismo tiempo que nuestra familia llevaba encerrada. De héroe de guerra y nazi convencido había pasado a seleccionador de personas para ser asesinadas impunemente, y a doctor sanguinario al que no le importaban para nada sus pacientes.

Cuando llegué a la barraca, mi amiga ya había dormido a los niños. Fue un alivio para mí no tener que acostarlos aquella noche. Me sentía agotada, sin fuerzas, y el desánimo parecía apoderarse de mí por momentos.

—¿Qué tal ha ido todo?

—Bien, en cierto sentido. Se ha comprometido a continuar trayendo alimentos para la guardería —le contesté sin mucho entusiasmo.

—Es una buena noticia.

—No estoy segura. He sentido algo tenebroso en aquel lugar. Tenemos que estar preparadas para lo peor. Nuestra suerte está unida a los acontecimientos que sucedan fuera de esa alambrada. Si los nazis pierden, querrán borrar las huellas de sus crímenes. Si ganan, no les importará terminar con todos nosotros. Únicamente un milagro puede salvarnos de una muerte lenta y segura.

Aquellos pensamientos lúgubres terminaron por desanimar a mi amiga. Éramos jóvenes y queríamos creer que la vida continuaría, que encontraría un camino por el que llevarnos, pero nosotras no éramos mejores que los millones de personas que habían fallecido en Europa y medio mundo. La muerte no distinguía entre inocentes y culpables, se alimentaba de los cientos de miles de almas que cada año se unían a su horrenda lista de desolación. Todos nosotros estábamos inscritos en aquel registro tenebroso, únicamente un milagro podía salvarnos.

# 14

Auschwitz, diciembre de 1943

El final del año se acercaba y, lo que normalmente era una fecha de celebración y alegría, en aquel momento nos llenaba de incertidumbre. ¿Lograríamos sobrevivir a 1944? Nos habían llegado noticias de los duros bombardeos sobre Berlín y otras ciudades de Alemania. Las consecuencias en Auschwitz eran que los guardas parecían preocupados, bebían mucho y siempre estaban de mal humor. Muchos de ellos habían perdido a parte de sus familias o comenzaban a temer que sus crímenes no quedarían para siempre impunes. Era mejor evitarlos e intentar pasar desapercibidos.

Mengele cumplió en parte su palabra. Los meses de octubre y noviembre, las cosas mejoraron en la guardería, pero en diciembre los suministros comenzaron a escasear de nuevo. Oficialmente, los ataques aliados estaban dificultando el transporte de materiales, pero, paradójicamente, los trenes cargados con judíos y otros rehenes de los nazis llegaban puntuales a Birkenau. La lógica nazi nunca se parecía a la del resto de la humanidad. El odio tenía para ellos una fuerza que a nosotros se nos escapaba.

La población en el campo gitano disminuía mes tras mes. Además, el invierno estaba siendo especialmente duro aquel final de año de 1943. La mayoría de las barracas no tenían leña o carbón para calentarse. La guardería, la escuela infantil y el hospital eran las únicas en las que se permitían aquellos lujos.

Los niños podían permanecer en su sitio caliente y limpio toda la mañana, pero por la tarde, y sobre todo en las duras noches de invierno, tenían que estar en las barracas anegadas de barro y totalmente heladas.

A finales de noviembre presenté una petición al comandante para que permitiera que los niños más pequeños se quedaran a dormir en la guardería y la escuela infantil, pero fue denegada. Cada día más niños morían, caían enfermos o sufrían los terribles síntomas de la noma.

La moral en el campo era muy baja, por eso me sorprendió el día que nos mandaron a una judía estonia llamada Vera Luke, para reforzar nuestra plantilla de profesoras. La joven había sido enfermera en su país y, aunque tenía un aspecto frágil y enfermizo, fue una especie de aliento fresco para la guardería cuando atravesaba sus horas más bajas.

Reuní al equipo de profesoras a primera hora de la mañana antes de que llegaran los niños a la escuela y comenzamos a evaluar las últimas semanas. Sobre todo me preocupaba cómo íbamos a enfrentar el invierno en aquellas condiciones tan adversas.

—Les presento a una nueva compañera, Vera Luke —dije al resto de las profesoras.

Intentaron darle una calurosa bienvenida, pero la mayoría de mis colaboradoras estaban sufriendo también los efectos del frío, la malnutrición y la angustia que producía la desesperada situación de los niños.

—Cuando me comentaron que trabajaría en una guardería en Auschwitz pensé que se estaban riendo de mí, pero veo que es posible crear un oasis en el desierto —comentó Vera sonriente.

Sonreír era un lujo que hacía muchas semanas ninguna de nosotras se había permitido.

—Gracias, Vera. Pasemos a ver lo que nos falta.

Comencé a recitar una larga lista que cada día era un poco más larga. Cuando terminé de leer, observé unos instantes a mis compañeras, todas parecían cabizbajas y desanimadas.

—Creo que están mirando lo que no tienen y lo que falta para que se queden sin nada. Llevo dos meses en este infierno y he aprendido a no esperar nada, intentar disfrutar de cada día y no pensar en mañana. Les propongo un acto de rebeldía. ¡Celebremos la Navidad!

Todas miramos sorprendidas a la joven. La Navidad significaba para la mayoría de nosotras un tiempo de celebración y esperanza, pero en Auschwitz no existía la Navidad.

—Ya saben que yo soy judía, pero si celebramos la Navidad devolveremos un poco de fe a esos niños. Tendrán de nuevo esperanzas, sueños e ilusiones. Por favor, no dejen que los nazis les roben también eso.

Vera nos miró con su sonrisa abierta y sus perfectos dientes blancos brillaron como diamantes ante nuestros ojos cansados. En ese momento imaginé a mis cinco hijos celebrando la Navidad. Eran sus fechas preferidas del año, pero en seguida me asaltó la duda. ¿Cómo conseguiríamos todo lo que necesitábamos? ¿Qué podíamos ofrecerles?

—No tenemos nada para poder celebrar la Navidad —contesté algo aturdida. Era la primera vez desde que dirigía la guardería que no me dejaba llevar por la ilusión.

—Podemos hacer un árbol, adornos y regalos, aunque sean sencillos. Intentemos conseguir un poco de azúcar y harina para hacer galletas. El resto serán simplemente villancicos y una breve obra navideña —comentó Vera ilusionada.

Todas comenzaron a hablar entre sí entusiasmadas. Se produjo una gran algarabía y miré a Vera. Entendía lo que estaba intentado conseguir. Quería que recuperásemos la ilusión, pero yo temía que un nuevo fracaso terminase de hundir el poco ánimo que aún nos quedaba.

—Está bien, celebraremos la fiesta. Intentaremos que los guardianes nos ayuden. Aunque seguramente se opongan. Últimamente se ven taciturnos y amargados. Tan solo tenemos dos días para hacer todo. Será mejor que nos pongamos manos a la obra —dije algo más convencida.

La siguiente hora nos dedicamos a distribuir el trabajo. Todos los puntos del día habían quedado relegados a un segundo plano. Ya no importaba la falta de comida y el futuro incierto. Vera nos había recodado que el mejor alimento para el alma era la ilusión.

Cuando llegó la hora de la clase designé a Vera sus nuevas tareas y, como hacíamos todos los días, las profesoras nos colocamos delante de la entrada de las dos barracas para recibir a los niños. Miramos la amplia avenida cubierta de nieve. Por la noche había bajado tanto la temperatura que buena parte del manto blanco se había congelado. El frío nos cortaba la cara y atravesaba sin dificultades nuestras ropas hasta helarnos la piel. Tras diez minutos a la intemperie, decidimos regresar al edificio de la guardería.

Pedí a todas que se sentaran en una de las mesas. Después me asomé por la ventana, pero no había ni una sola alma en todo el campamento.

—¿Alguien sabe lo que está sucediendo? ¿Por qué no vienen los niños esta mañana? —pregunté nerviosa a mis compañeras.

Zelma levantó con timidez la mano y el resto de sus compañeras gitanas la miraron muy serias.

—Las madres están preocupadas y prefieren no traer a sus hijos.

—¿Por qué no me han informado de nada? ¿Qué es lo que sucede? El único sitio en el que los niños pasan calientes algunas horas y comen un poco de pan con mantequilla es aquí.

Notaron mi tono malhumorado, me sentía traicionada por algunas de las mujeres de mi propio equipo.

—Las madres temen no volver a ver a sus hijos si los traen a la guardería. El doctor Mengele se ha llevado a muchos gemelos y algunos niños gitanos que tenían un iris de cada color. Ya no se fían de nosotras. Les he rogado y pedido por favor que hablaran con usted, pero me han contestado que usted es alemana y colabora con los nazis.

Las últimas palabras de la joven apenas atravesaron sus carnosos labios. Se veía que sentía mucho tener que ser la mensajera de tan tristes noticias.

—Eso es ridículo. La mayoría de los niños estarían muertos si no hubiera sido por la guardería. El invierno es el problema. Muchos han muerto de hambre y frío, pero nosotras no somos culpables de no tener nada más para darles —contesté enfadada.

Una de las madres se puso en pie y, señalándome con el dedo, comenzó a gritar, como si durante meses hubiera guardado todas las cosas que pensaba que yo estaba haciendo mal.

—Sus hijos tienen mejor alimentación que el resto, viven en este lugar confortable y cálido. La mayoría de las madres han perdido a uno o dos de sus niños, pero usted conserva sanos a sus cinco hijos. El doctor la favorece, pero la pregunta es ¿qué le da usted a cambio? ¿Le ha prometido proteger a sus hijos?

El rostro de la mujer parecía descompuesto. Su cara de odio me asustó. Siempre había intentado hacer todo lo posible para mejorar las condiciones de todos los niños. Decidí no contestar. Me limité a ponerme en pie y dirigirme hacia la puerta.

—¿Dónde va, *Frau* Hannemann? —preguntó Zelma.

—Voy a ir barraca por barraca para hablar con cada madre —le contesté después de cerrar mi abrigo y salir al frío glacial de la avenida.

Todas las profesoras me acompañaron en silencio. Se limitaron a seguirme y darme apoyo moral. Nos dirigimos a la primera barraca y entré decidida. Los niños y las madres se acurrucaban en el centro del edificio. Apenas se notaba la diferencia entre estar dentro y a la intemperie. El olor a sudor, orines y madera podrida me recordó mis primeros días en Birkenau. Pasó por mi mente cada una de las vejaciones que había sufrido y lo difícil que era guardar la cordura en un lugar como aquel. Aquellas madres eran verdaderas heroínas, pero el miedo las había paralizado por completo.

—Lamento mucho la desconfianza que hemos creado entre ustedes y nosotras. La situación en el campo es muy dura, el invierno está siendo terrible y sé que los rumores corren por todos lados. Nosotras únicamente queremos ayudarles. Les ofrecemos lo único que poseemos, nuestra propia vida. No nos gusta tener privilegios. He pedido al comandante que permitiera que los niños se quedaran en las barracas de la guardería y la escuela infantil, pero me han denegado la petición. Tengo las yemas de los dedos ensangrentadas de escribir tantas solicitudes. A veces no tengo ni el papel en el que hacerlo. *Herr Doktor* nos ha facilitado ayuda. Es cierto que también se ha llevado niños para sus experimentos, pero él mismo me ha informado que está investigando para terminar con esa gangrena que está afectando a los niños gitanos —dije, hice una larga pausa y observé los rostros endurecidos por el hambre y el miedo, parecían fantasmas flotando en el ambiente lúgubre de un camposanto—, pero tienen que confiar en nosotras. Sus hijos recibirán algo más de comida y al menos estarán calientes hasta el mediodía. No tengo control sobre los niños que se llevan al campamento del hospital, pero intentaré retenerlos como si fueran los míos propios. Se los prometo.

Era consciente de que poco o nada podía hacer si los guardianes se llevaban a los gemelos y otros niños, pero al menos intentaría paralizar el traslado y exigir una explicación de las razones por las que se los llevaban. Las madres hicieron un gesto a los niños y estos nos siguieron al siguiente barracón.

Durante tres horas recorrimos todas las barracas del campo gitano. Fue un trabajo agotador y cuando terminamos estábamos heladas y exhaustas, pero casi el noventa por ciento de los niños nos habían seguido. Después me dirigí al hospital, mientras las profesoras comenzaban las clases. Ya era mediodía y a esa hora visitaba a los niños más enfermos, pero apenas había comenzado a cruzar la avenida cuando me encontré con un episodio realmente sorprendente.

La guarda María Mandel caminaba por la nieve tirando de un pequeño trineo de madera. Encima de él había un niño gitano de unos cinco años vestido con ropas caras. El niño parecía disfrutar del paseo. La guardiana se detuvo justo delante de mí.

—Prisionera, quiero que atiendan a este niño. Se llama Bavol y es hijo del rey de los romaníes en Alemania. Su familia es de las más nobles de los gitanos. Sus padres fueron elegidos por *Herr Doktor* Robert Ritter para representar a los romaníes alemanes. Cuentan que hasta se hizo una coronación en Berlín hace tres años, oficiada por el arzobispo. A su padre se le debió subir el cargo a la cabeza y organizó una pequeña rebelión de gitanos en el gueto de Łódź, por eso deportaron a la mayoría aquí. Las órdenes eran ajusticiar a los padres, pero no decían nada del crío. Será mejor que lo cuide bien, vale más que todos esos mocosos juntos.

Me sorprendió ver a aquella mujer terrible llevando al pequeño príncipe en el trineo. Miré al niño de grandes ojos negros. Su aspecto era impecable y su vestido de terciopelo azul no tenía ni una mancha.

—¿Cuando termine la clase lo recogerá? —le pregunté algo nerviosa. Nunca se sabía cómo podía reaccionar aquella mujer.

—Sí, claro. En el caso de que no venga yo, vendrá algún kapo del campamento. El niño se encuentra bajo mi supervisión directa. Nadie puede tocarlo —contestó secamente. Luego se agachó y sonrió al niño después de darle una chocolatina. Me dio por pensar que para María Mandel aquel pobre niño era como una especie de mascota con la que entretenerse y recibir algo de afecto. Dejamos de existir cuando no hay nadie en el mundo que sea capaz de amarnos.

La guardiana comenzó a caminar de nuevo hacia las primeras barracas y yo miré a Bavol. Le di la mano y, tras sonreírle, le pregunté si quería venir conmigo. El joven príncipe no habló, pero me devolvió la sonrisa. Subimos las escaleras de la guardería y, tras presentarlo a una profesora, lo dejé en la estancia. Por unos segundos, observé las paredes. La pintura parecía más apagada que el día de la apertura, pero todavía era un sitio maravilloso en el que olvidar las desgracias del campo.

—¿Te gusta pintar? —pregunté al niño.

Hizo un gesto afirmativo y dejó su arrogante postura para esbozar una sonrisa. Imaginaba que durante aquellos años todo el mundo había tratado al niño y a sus padres como a dioses, y ahora no era más que otra pobre víctima del arbitrario y cruel sistema nazi.

Los dos días siguientes fueron frenéticos. Las profesoras llegaban dos horas antes de las clases para preparar el material y yo acudía cada dos por tres a las oficinas para pedir más cosas. El doctor Mengele accedió a darnos algo más de comida aquel día y un kapo apareció con un abeto para la fiesta.

Durante casi todo la mañana estuvimos ensayando villancicos y una breve obra de teatro. Todo tenía que salir a la perfección.

El día 24 de diciembre por la noche, la víspera de Navidad, la fiesta estaba preparada. Los más pequeños cantarían dos o tres canciones, los grandes representarían la obra de teatro del nacimiento de Jesús y después habría algo de comida para los niños y sus padres. No sabíamos si iba a acudir algún guardián, aunque lo dudábamos mucho. Para ellos era más fácil seguir viéndonos como animales o cosas, no querían tener que titubear a la hora de castigarnos o asesinarnos.

La fiesta comenzó con puntualidad. Las velas y las guirnaldas adornaban la guardería, produciendo un ambiente navideño; un hermosísimo abeto con velas y cintas convertía la estancia en lo más parecido a un amplio y hogareño salón de una casa.

Los padres entraron en silencio y se acomodaron en las sillas. La mayoría de los hombres se quedó de pie, las madres intentaban conseguir las mejores posiciones para poder contemplar bien a sus hijos. Blaz y Otis se encargaron de acomodar a la gente para que no se produjeran problemas. Una gran cortina hacía de telón. Vera salió al escenario improvisado vestida con una especie de túnica y se dirigió al público:

—Queridos padres y madres, abuelos y hermanos, hoy vamos a celebrar juntos una de las fiestas más queridas por niños y adultos, la Navidad. Los niños han preparado con mucho amor este programa, por eso les pido...

De repente, la joven se quedó paralizada, como si hubiera visto a un fantasma. Me giré y noté primero el frío que se colaba por la puerta entreabierta. Después apareció María Mandel. Su uniforme, impecable como siempre, estaba cubierto en parte por una gran capa gris. La gente se apartó de ella temerosa. Todos creíamos que iba a interrumpir la función o que comenzaría a dar golpes a los asistentes, pero se limitó a apoyarse en la pared de la entrada y quedarse en silencio.

—Primero cantarán los niños la canción «O Du Fröhliche» —anunció Vera algo nerviosa.

La sala se llenó de aplausos y mis hijos ayudaron a descorrer el telón. Los niños estaban vestidos con pequeñas pajaritas negras y pantalones con tirantes. Sus camisas tan blancas relucían a la luz de las velas navideñas. Miraron a Maja, una de sus profesoras, y comenzaron a cantar acompañados por el violín de Blaz.

La hermosa voz de los más pequeños comenzó a revolotear entre las paredes de aquella guardería, mientras los primeros copos de nieve descendían en la noche oscura. El coro nos transportó a todos a aquellas navidades felices. Nuestras mentes recordaron los primeros regalos, la ilusión y la magia que envolvía aquella noche del pesebre en Belén. Poco a poco a todos nos invadió una inmensa melancolía. De repente, uno de los niños comenzó a sollozar y no tardaron en contagiarse todas aquellas criaturas que recordaban la Navidad anterior, repleta de regalos y felicidad.

Las lágrimas ahogaron sus voces, primero como un susurro, después como un torrente que terminó por arrastrarnos a todos con su tristeza. Miré a Adalia, que estaba al lado de las niñas, y desde la distancia contemplé las hermosas perlas que salían de sus ojos azules. Pensé en Johann, no sabía nada de él desde mi visita fugaz a Kanada, era la primera vez que pasábamos las fiestas separados. Tal vez aquella era nuestra última Navidad. Ya no habría más comidas especiales, ni canciones frente a la chimenea, tampoco los regalos debajo del árbol a la mañana siguiente ni la impaciencia de los niños rompiendo los papeles de colores, con sus ojos abiertos como platos y la felicidad derramándose por cada poro de su piel.

Intenté sobreponerme, no podíamos estropear aquella noche con pensamientos lúgubres ni con lamentos por los que ya no estaban con nosotros. Me puse al lado de los niños, di la mano a mi pequeña Adalia y comencé a cantar. Al principio, mi voz resonó solitaria en la estancia, pero enseguida se unieron las de las otras profesoras y más tarde toda la sala entonó el hermoso villancico.

Las niñas cantaron dos canciones más y los mayores interpretaron con mucha gracia el nacimiento de Jesús. Emily iba vestida de la Virgen María y Ernest de San José.

Zelma y Kasandra hicieron una representación de marionetas para los niños, que se sentaron a los pies de sus madres. Bavol, el pequeño príncipe gitano, se puso a los pies de María Mendel, que disfrutaba con el espectáculo, pareciendo humana por primera vez en todo aquel tiempo.

Cuando terminó la función, todos se dirigieron a las mesas y comenzaron a comer. A pesar de que la mayoría de los adultos no habían probado todos aquellos manjares desde hacía mucho tiempo, dejaron la mayor parte a los niños.

María Mendel no se acercó a la mesa, comenzó a colocar el abrigo al niño y salió discretamente de la guardería. Mientras se marchaba me pregunté qué había en el alma de aquellas mujeres para que se comportaran de manera tan brutal y cruel. Sabía que nunca obtendría una respuesta. La maldad es mucho más que un comportamiento antisocial o una deficiencia psicológica, ante todo se trata de una falta de amor por uno mismo y por los demás. La guardiana se comportaba como una madre, pero no estaba segura de hasta dónde estaría dispuesta a llegar para salvar a su nueva mascota. Los nazis siempre cumplían las reglas.

Su vida era el partido y sabían que cualquier infracción suponía alejarles de aquella fuente de poder e influencia, convirtiéndose de nuevo en los don nadie que habían sido siempre. Hitler les había dado una razón para vivir, eran perros fieles de un amo despiadado, pero que al menos les dejaba saborear las sobras de su cruel poder.

Una hora más tarde, las familias salieron de la guardería totalmente felices. Pasados unos minutos estarían de nuevo en su horrible realidad, pero todos nos agradecieron aquel regalo inesperado que una vez más les ofrecía la vida. Al finalizar la fiesta, las profesoras me ayudaron a recoger y, cuando todo estuvo de nuevo en orden, acosté a los niños. Estaban tan cansados que apenas opusieron resistencia. Blaz y Otis habían recibido de regalo un tirachinas pequeño, pero no podían sacarlos fuera de la barraca porque estaban prohibidos en el campo. Los gemelos, una muñeca sin un brazo y un caballo viejo y descolorido, pero para ellos eran los juguetes mejores del mundo aquella noche. Adalia apretaba contra el pecho su muñeca de trapo y me dio un beso mientras se acurrucaba en mi cama.

Me dirigí a la sala y comencé a escribir en mi cuaderno. Llevaba mucho tiempo sin hacerlo, como si hubiera renunciado en cierto sentido a seguir guardando mi memoria. Apenas había comenzado cuando escuché cómo la puerta se abría. Escondí dentro de la chaqueta el cuaderno y miré inquieta hacia la sombra cuyo contorno recortado se intuía en la puerta. Para mi sorpresa, se trataba de María Mandel, que, con el cuerpo ligeramente encorvado, entró y dio unos pasos hacía mí. Comencé a temblar. Aquella mujer nunca era mensajera de buenas noticias y todo el mundo la temía. La guardiana se aproximó a la luz y vi sus ojos rojos, pero con una expresión feroz en el rostro.

—Se lo han llevado —comentó escuetamente.

Sabía que hablaba del niño que había decidido apadrinar aquellos días, pero no entendía muy bien a qué se refería. No quise preguntarle nada, podía reaccionar violentamente y hacerles algo a mis hijos.

—Se lo han llevado, acaban de desalojar la barraca de los huérfanos. Una docena ha ido al campamento del hospital, pero el resto dentro de unos minutos dejará de existir.

La voz de la guardiana estaba ronca como si hubiera estado llorando un largo rato. Pensé que habría bebido, pero parecía sobria aquella noche de Navidad.

—¿Quiere que le prepare algo?

—No, simplemente no deseaba estar sola esta noche. Todo lo que ha pasado aquí... —la mujer no terminó la frase.

—Lo lamento. Era un niño hermoso e inteligente.

—Tú qué sabes, puta. Eres una mujer alemana y has tenido varias crías de monos con ese gitano. No eres como yo, la gente como tú sois poco más que escoria. Guárdate tu compasión, dentro de poco la tendrás que usar para tus hijos.

Me miró y, por un segundo, tras aquellas inmensas capas de maldad y soberbia, vi un rayo casi apagado de humanidad. Después se dirigió a la puerta y salió en mitad de la tormenta de nieve. Sus palabras me atravesaron como puñales encendidos. ¿Qué quería decir con aquello? ¿Me estaba amenazando o simplemente intentaba aliviar su rabia?

La muerte de cada ser humano es irremplazable, tiene un valor infinito, nada puede sustituir la vida que se lleva. Aquella noche celebrábamos la vida, el nacimiento del Niño Dios, pero muchos infantes tenían que morir sacrificados en las hogueras del odio y la maldad. Incliné mi cabeza y pensé en el mensaje del pesebre: *Gloria en las alturas a Dios, y en la tierra paz, buena voluntad para con los hombres.*

La guerra continuaba cobrándose su parte de muerte y desolación aquella Noche de Paz. Intenté llenar mi corazón de amor, no deseaba que el odio me corroyera las entrañas. Tenía que amar incluso a mis enemigos, aquella era la única manera de no convertirme yo también en un monstruo.

# 15

Auschwitz, marzo de 1944

El final del invierno se acercaba, pero sabíamos que en Polonia la primavera tardaría aún en llegar. La nieve cubría en parte el campamento, cuando desapareciese dejaría paso al fango producido por la incesante lluvia y a un triste balance de muerte. La comida era muy escasa y algunas familias con influencia en el campo intentaban acaparar la mayor parte. Las mujeres sin maridos, las gitanas de comunidades pequeñas y los niños eran los que más sufrían aquel reparto injusto de las provisiones. Los más privilegiados eran mis antiguos amigos gitanos alemanes. Varias veces había ido a la barraca 14 para que cambiaran su actitud, pero siempre respondían que preferían ver morirse de hambre a los hijos de los demás antes que a los suyos.

En cierto sentido, la desidia de los guardianes, más preocupados en estar todo el día borrachos y olvidar la guerra que se aproximaba con paso inexorable a Alemania, les hacía desentenderse del campo. Nos llegaban noticias de la vida disoluta de las guardianas y los soldados de las SS. Hasta se rumoreaba que Irma Grese estaba embarazada.

Los alemanes habían clausurado la escuela creada por Antonin Strnad para los mayores y yo temía que hicieran lo mismo con la guardería en cualquier momento. Aquella mañana era domingo y no había clase, mis hijos seguían durmiendo en el cuarto de al lado, cuando escuché que alguien llamaba a la puerta. Me levanté y abrí con cuidado para no hacer mucho ruido.

—*Frau* Hannemann, permítame que me presente —dijo una joven de grandes ojos azules y pelo rizado. Hablaba un correcto alemán, aunque por el acento parecía checa.

—Sí, usted dirá.

—Mi nombre es Dinah Babbitt, soy pintora. El profesor Mengele me ha enviado para que haga algunos retratos a los gitanos del campo. Quería pedirle ayuda, ya que al ser la directora de la escuela puede facilitarme el acceso a los niños y las madres.

La petición de la joven me sorprendió, pero, conociendo bien al doctor Mengele, sabía que estaba muy interesado en sus estudios antropológicos y biológicos. En principio no me pareció mal que pintaran a los niños de la escuela, al menos aquello les sacaría de la monótona y tortuosa vida del campo. Aquella parecía otra de las absurdas órdenes de los mandos nazis. Esa gente estaba obsesionada con guardar información y registrarlo todo. Dinah era una joven hermosa de ojos azules y pelo rojizo. Las chicas me contaron que era checa y que Mengele la había elegido para reflejar las tonalidades de piel de los romaníes que la cámara fotográfica era incapaz de captar.

—Le prepararé un listado y a partir de mañana podrá hacer los dibujos, lo que no puedo asegurarle es que los adultos se presten. La gente del campamento está muy descontenta y me temo que algunos se nieguen.

—Muchas gracias por su colaboración.

—¿Quiere tomar un té? —le pregunté. Aquel mejunje que preparaba apenas se parecía a la maravillosa infusión de la India, pero al menos estaba caliente y relajaba un poco el estómago.

—Siempre viene bien un té —contestó sonriente.

No tardé mucho en preparar la infusión. Cuando me acerqué de nuevo a la mesa en la que estaba sentada la joven, esta parecía ensimismada en las ilustraciones de las paredes.

—¿Quién ha dibujado esto?

—La verdad es que ya han perdido el brillo que tenían antes. Yo hice aquel, pero los más grandes los pintó una gitana llamada Zelma.

—Están muy bien, unos dibujos parecidos me salvaron la vida —dijo la joven.

—¿De verdad? —le pregunté intrigada.

—Sí, al poco tiempo de llegar al campo, un compañero me pidió que hiciera un mural de Blancanieves y los siete enanitos, de la película de Disney. Pensé que los guardianes me castigarían, pero el doctor Mengele vio el mural y pensó que podía utilizar mi talento.

—El doctor Mengele siempre busca gente que pueda favorecer sus investigaciones —contesté algo enfadada. Sabía que aquel hombre nos usaba a todos nosotros, era un gran manipulador que lo único que deseaba era destacar y pasar a la historia.

—Es cierto, pero eso me salvó a mí y a mi madre. Las dos estamos en mejores condiciones y además hago lo que me gusta —dijo la joven mientras comenzaba a sorber el té.

—Hace días que no le veo —le comenté.

—Seguro que asistirá al partido de fútbol.

Apenas Dinah había terminado de hablar cuando escuchamos a una mujer gritando en la calle. Salimos corriendo a la avenida y a unos diez metros vimos a una madre con sus dos gemelos,

Guido y Nino, de cuatro años. Dos días antes se los había llevado un soldado de las SS, a pesar de mis protestas; desde entonces, la madre venía constantemente a la guardería para preguntarme si sabía algo de ellos. Corrimos hasta la pobre mujer, que se golpeaba en el pecho mientras sus dos hijos no dejaban de llorar. Cuando nos acercamos pudimos ver que los niños estaban cubiertos por una manta raída. Lloraban desconsolados, sus rostros sucios mostraban una expresión de dolor extremo.

—¿Qué les pasa a los niños? —pregunté a la mujer mientras me inclinaba para levantarla de la nieve.

—Dios mío, ese hombre es un monstruo —decía de manera incoherente la madre, como si se hubiera vuelto loca.

—Tranquila, ¿qué les han hecho? —pregunté inquieta.

—Mírelo usted misma, ese monstruo los ha mutilado.

Levanté con cuidado la manta. Entonces pude ver cómo los brazos y la espalda de los dos gemelos estaban cosidos. La amplia herida supuraba y tenía un aspecto terrible, amoratada e hinchada. ¿Por qué les había hecho aquello? Los había cosido uno al otro, uniendo incluso sus venas.

En seguida me vino un putrefacto hedor, la carne se estaba pudriendo. No tardarían mucho en sufrir una infección generalizada, gangrena y la muerte. Les llevé junto a su madre al hospital. El doctor Senkteller y mi amiga Ludwika estaban de guardia. Nos hicieron pasar de inmediato y mientras dejaba a la madre con Dinah, la pintora, pasé para ayudar a mis colegas.

—¿Quién les ha hecho esto? —preguntó con los ojos desorbitados el doctor.

—El doctor Mengele —le contesté.

Los dos se miraron sorprendidos. El aspecto de las heridas profundas y sucias no parecía el trabajo de un profesional, más bien eran los cortes y las costuras de un carnicero.

—La infección les ha llegado al hueso. La única forma de que sobrevivan un par de días es amputándoles los brazos, pero como no tenemos morfina ni antibióticos, la infección se extenderá por todo el cuerpo y morirán entre terribles dolores —dijo el doctor.

Comencé a sudar, sentía ganas de vomitar, pero me controlé.

—¿Estás bien? Pareces mareada —dijo Ludwika, tras contemplar mi rostro pálido.

—Estoy bien. ¿Qué podemos hacer? —les pregunté desesperada. ¿Qué le iba a decir a la madre cuando saliera?

Unos meses antes había prometido a las madres del campamento que protegería a sus hijos, pero cuatro parejas de gemelos y otros cinco niños habían desaparecido con la excusa de curarles de noma, aunque ninguno había manifestado síntoma alguno. Pero aquello era intolerable. El doctor se había vuelto loco, para él lo único que importaba eran sus experimentos.

—Si no actuamos, los niños morirán en menos de veinticuatro horas. Les daremos la poca morfina que nos queda para que se duerman y no sufran —dijo el doctor.

—Gracias —le contesté sin poder evitar que dos lágrimas se escaparan de mis ojos. Me sequé la cara con la mano y salí a la sala en la que esperaba la madre.

La mujer me miró con ojos suplicantes, pero al verme hacer un gesto negativo volvió a llorar y gritar, golpeándose el pecho.

—Al menos no tendrán dolores —dije mientras la abrazaba.

Permanecimos unos minutos unidas llorando, hasta que la pobre madre se calmó un poco. Salimos del hospital y caminamos despacio hasta su barraca. De repente, la mujer se soltó de mi mano y comenzó a correr hacia la alambrada electrificada. Salí detrás de ella, pero me llevaba mucha ventaja y, cuando le quedaba apenas un metro, saltó y se agarró a la alambrada. Un fuerte chispazo me paró en seco, la mujer sufrió varias convulsiones antes de que la descarga la echase hacia atrás. Cuando me acerqué hasta ella, pude ver su rostro asustado. La muerte la había alcanzado por fin, pero sus ojos vacíos miraban hacia el cielo grisáceo de marzo. Me abracé al cuerpo chamuscado, mientras algunos prisioneros comenzaban a rodearnos. Los kapos me hicieron separarme de la mujer y, tras comprobar que estaba muerta, se la llevaron al montón de cadáveres que cada día formaban detrás de la barraca del hospital.

Dinah me ayudó a ponerme en pie. Su semblante serio reflejaba el agotamiento que producía toda aquella violencia y muerte. La crueldad y la maldad como actos cotidianos parecían ocupar casi cada minuto de Auschwitz.

Apenas habíamos avanzado dos pasos juntas, cuando una multitud se dirigió hacia la alambrada del fondo del campamento. El partido estaba a punto de comenzar y la gente se agolpaba para observar cómo los SS y los *Sonderkommandos* del crematorio, durante noventa minutos, competían en igualdad de condiciones. Los prisioneros disfrutaban viendo cómo un SS era derribado por una patada o cuando los prisioneros marcaban un gol en la meta de los alemanes.

A un lado, el cuerpo de la mujer, aún caliente, descansaba sobre otra docena de cadáveres, pero ya nadie le prestaba atención. Todos miraban al partido, indiferentes a su antigua compañera de fatigas. Miré la escalera trasera de la Sauna y vi a Mengele. Estaba de pie, con una mano apoyada en la baranda de madera. Su rostro sonriente miraba hacia el campo de fútbol, como si estuviera en el palco de honor de un estadio. Estaba tan furiosa que no pude evitar caminar entre la multitud y acercarme hasta él. Subí los escalones y cuando me vio frunció el ceño.

—*Herr Doktor*, dos de los gemelos de mi escuela han vuelto en una manera deplorable. Los médicos piensan que morirán antes de veinticuatro horas —dije intentando tranquilizarme.

—Ahora no me moleste. ¡Estoy viendo el partido! —dijo, intentando ignorarme.

Me puse en medio. Con los zapatos era un poco más alta que él, por lo que le interrumpía la vista. Me apartó con brusquedad y estuve a punto de caerme a la nieve, pero en el último momento me aferré a la barandilla.

—¿Qué les ha hecho, *Herr Doktor*? —insistí.

El hombre me agarró los hombros con sus manos frías y lleno de furia comenzó a zarandearme.

—¡Maldita mujer! He sido muy condescendiente con usted. He tratado muy bien a su familia, son unos verdaderos privilegiados. He favorecido este campo permitiendo una escuela, una guardería, una orquesta, pero tengo que continuar con mis investigaciones. Todo lo que tienen lo proporciona mi instituto. En manos del campo todos los gitanos habrían sucumbido hace semanas. ¿Entiende?

Me sentía aturdida y atemorizada. En el fondo sabía que decía la verdad, pero era tan horrorosa que me negaba a reconocerla. En ese momento descé con todas mis fuerzas morir. Tener el valor de lanzarme contra la alambrada electrificada y terminar con todo aquel sufrimiento.

—¡Los niños alemanes están sufriendo el hambre y las penalidades de la guerra! ¡Las mujeres embarazadas pierden a sus hijos! ¡Los ancianos mueren mientras mendigan un pedazo de pan! No puede exigirme nada, hago todo lo que puedo, si uno de ellos ha de ser sacrificado por el bien de Alemania, lo será, puede que eso salve a otros. ¿Quiere que sus hijos sean los próximos?

Los ojos rojos de Mengele parecían a punto de explotar. El oficial sacó su pistola *luger* y me la puso en la cabeza. Pensé que todo había terminado, pero de repente todo el mundo comenzó a gritar. Los alemanes habían metido un gol, el doctor me soltó, guardó su arma y me empujó fuera de la escalera. Caí a la nieve fría y húmeda. Me sentía destrozada, sin fuerzas y a punto de abandonarme, pero Blaz se acercó y me ayudó a levantarme.

—Vámonos, mamá —dijo mientras me apoyaba en sus hombros.

Dejamos la multitud y caminamos hasta la avenida. Después recorrimos la corta distancia que nos separaba de la guardería y entramos en el edifico, que aún estaba cálido. Me senté en la mesa. Las dos tazas de té aún estaban sin recoger.

—Te prepararé un té —dijo Blaz.

—No, estoy bien. Vete a ver el partido.

El niño se acercó a la estufa y calentó el agua. Unos minutos más tarde me sirvió el té. Mientras notaba el líquido caliente recorrer mi garganta, pensé en Johann. Seguramente estaba observando el partido desde su lado de la alambrada. Tan cerca y al mismo tiempo tan lejos. Sabía que él me habría protegido de aquel monstruo, pero por hacerlo tendría que haber pagado con su propia vida. A veces las cosas que nos faltan o los obstáculos que encontramos son aliados que nos ayudan a resistir. Decidí que no me dejaría doblegar, lucharía hasta el último aliento. Mientras el mundo se desmoronaba a mi alrededor, me mantendría firme. Tal vez la primavera lograra resucitar de la más oscura muerte a los famélicos habitantes de Auschwitz.

# 16

Auschwitz, mayo de 1944

Los rumores en Auschwitz corrían como la pólvora. A veces eran los propios guardas o kapos los que filtraban una orden o un repentino cambio en las condiciones del campo, otras veces se trataba de algunas de las personas que trabajaban para los nazis en la secretaría u otros oficios con acceso a información privilegiada, pero siempre terminábamos enterándonos de qué tramaban las autoridades del campo.

Los aliados habían conquistado casi por completo Italia y se hablaba de que muy pronto habría otro frente en el Atlántico. Los rusos empujaban poco a poco a los alemanes hacia sus fronteras, liberando a la Unión Soviética de los nazis. Los bombarderos aliados destruían las principales ciudades alemanas y cada vez Hitler necesitaba más mano de obra esclava para continuar con la fabricación de armas. En abril, las SS se habían llevado a más de ochocientos hombres y casi quinientas mujeres. Poco a poco, el campo gitano comenzaba a despoblarse, como si fuéramos el estercolero de Birkenau. A medida que quedábamos los que ya no éramos útiles para los nazis, las condiciones en el campo empeoraban.

Lo único que parecía mejorar en los últimos días era el tiempo. Las lluvias eran continuas, pero ya no había nieve y la temperatura era soportable. El trabajo en la guardería y la escuela infantil se había reducido mucho. Apenas quedaba una veintena de alumnos en cada clase, y cada mes descendía un poco más. Desde mi último enfrentamiento con el doctor Mengele, no había hablado con él, me limitaba a enviarle informes de mi trabajo y peticiones para los niños, que sistemáticamente eran desatendidas. Mis ayudantes comenzaban a acusar una gran fatiga y teníamos el temor de que se llevaran a algunas de ellas de inmediato.

Aquellos días de mayo, una de los kapos, Wanda, nos trajo a una niña alemana de ocho años llamada Else Baker. Wanda no era una de las peores kapos del campo, pero tampoco se comportaba precisamente como un ángel, por eso nos extrañó cuando nos contó que había cuidado de la recién llegada casi un mes entero.

Else Baker era una niña guapísima de rasgos finos y expresión inteligente. Su aspecto era suave y delicado, se notaba que nunca había sufrido los rigores de la mayor parte de los gitanos. Me acerqué a ella y, con una sonrisa, le comenté:

—¿Quieres quedarte con nosotros? Podrás estar aquí desde por la mañana hasta el mediodía.

La niña asintió con la cabeza y tras la marcha de Wanda la llevé a la barraca de la escuela infantil. Allí estaban mis hijos Emily y Ernest, los gemelos, que a pesar de tener ya siete años continuaban con el resto. En los últimos meses aceptábamos a niños de casi todas las edades, aunque apenas teníamos ya nada que ofrecerles, aparte de un rato entretenido. El proyector estaba roto, no teníamos papel ni material escolar, pero lo peor es que no contábamos con nada de comida.

Apenas había abierto la puerta cuando miré el rostro desesperado de Vera Luke. Se estaba colocando la chaqueta para salir y casi no se fijó en la niña.

—Justo iba a buscarla. Se han llevado a los gemelos —dijo mi ayudante, nerviosa.

La miré incrédula. No era habitual que se llevaran niños de la escuela sin informarnos, pero en Auschwitz la mayoría de las cosas nunca tenían sentido. Noté un fuerte pinchazo en el pecho y me incliné hacia delante. Tenía que reaccionar, intentaba gritar a mi mente que se moviera y fuera de inmediato a buscar a los niños, pero un ataque de pánico me había dejado paralizada por completo.

—Tenemos que ir a secretaría o buscar a los niños directamente en la Sauna, si salen del campamento gitano ya no volverán —me dijo Vera.

Solté la mano de Else y salimos corriendo hacia la avenida. No se veía a los gemelos por ninguna parte, pensamos que los habrían llevado a la Sauna, donde a veces Mengele hacía sus experimentos. Corrimos bajo una fina lluvia que no tardó en empaparnos. El cielo gris resaltaba el verde intenso de las praderas entre las barracas y el bosque se mecía al fondo del campamento. Subimos por la parte de atrás de la barraca y nos quedamos quietas frente a la puerta por unos segundos.

—Vete con los niños —dije a Vera. No quería meterla en problemas. Al fin y al cabo se trataba de mis hijos. Era capaz de todo por recuperarlos, pero nadie más tenía que sufrir las consecuencias.

Entré en el laboratorio sin llamar. Allí estaba Zosia con unos informes en las manos y a punto de salir del despacho.

—¿Qué hace aquí? —preguntó mirando de un lado al otro.

—Se han llevado a los gemelos —le contesté llorando.

—Hoy es un día de locos. Las autoridades del campo han pedido a casi todos los hombres jóvenes que quedan y otras ochenta mujeres. Puede que tus hijos hayan entrado por error en la lista, para las SS somos únicamente números —me dijo la ayudante de Mengele.

—Pero no puede ser. No nos han informado en la guardería. ¿Cómo se van a equivocar con los gemelos? —le dije aturdida. No creía ni una palabra de aquella explicación, esa mujer había ayudado a Mengele en sus experimentos.

—No puedo decirte más.

La mujer se encogió de hombros y me pidió con un gesto que abandonase la sala, pero logré zafarme y corrí hasta el laboratorio. Abrí la puerta mientras escuchaba a mis espaldas la voz de Zosia. Miré en el interior, aquel lugar había cambiado desde la última vez que había estado en él. Ya no parecía un sitio dedicado a la investigación, más bien se asemejaba a una mazmorra de tortura, en la que Mengele disfrutaba torturando a pobres niños inocentes. En las paredes había pequeños marcos con globos oculares de diferentes colores, también fotografías espantosas de algunos de los experimentos del doctor y botes con órganos humanos de diferentes edades. En algunos de aquellos frascos llenos de algún líquido desinfectante había también fetos deformes y gemelos.

Al fondo se veía al doctor de espaldas, con su impoluta bata blanca y las piernas desnudas de dos niños sentados en la larga camilla. Pensé que se trataba de mis dos hijos. Corrí hasta Mengele con la intención de atacarle si era preciso, pero antes de que llegara a su altura se giró y me miró muy serio.

—¿Qué hace aquí?

Logré sobrepasarle y ver a los dos niños. No eran mis hijos. Las criaturas me miraron con semblante triste, como si me suplicaran que les sacara de allí. El doctor me cogió de la manga de la chaqueta y me sacó al pasillo.

—¿Se ha vuelto completamente loca? Ya estuve a punto de matarla una vez, será mejor que no tiente su suerte de nuevo.

—¿Dónde están mis hijos? Alguien se ha llevado a los gemelos —le respondí furiosa.

—No están aquí. Tiene que tratarse de un error. Cada día firmo las altas y las bajas del campo. Las fábricas necesitan mano de obra y salen algunos jóvenes para otros campos, pero no niños —dijo Mengele muy serio. Aunque noté que no decía del todo la verdad.

Entonces escuché el sonido de camiones y corrí hasta la entrada. Los vehículos estaban parados en la gran avenida, casi un centenar de soldados saltaban de su interior e intentaban atrapar a gitanos de todas las edades. No sabía qué hacer, por un lado pensé que lo mejor era asegurarme de que el resto de mis hijos estaban bien y protegerles de lo que los soldados pretendiesen hacerles, pero por otro quería salir en busca de los gemelos.

Al final me decidí a buscar a mis hijos perdidos, estaba segura de que mis ayudantes darían su vida por el resto de los niños. Corrí hacia los camiones. Los prisioneros no se resistieron al principio, pero de repente un joven lanzó una piedra a uno de los soldados, dándole en plena cara. El joven SS comenzó a sangrar por la nariz y le disparó. El resto de los gitanos se echaron encima de él y comenzaron a golpearle. No tardaron en imitarles el resto de los prisioneros. Hombres y mujeres, ancianas y adolescentes comenzaron a lanzar objetos contra los soldados y a golpearles con porras, troncos o cualquier cosa que encontraban. Hubo algunos disparos, pero el sargento de las SS ordenó que se replegaran.

Algunas de las gitanas ayudaron a los niños y los adolescentes a que se subieran a los tejados, mientras otros encendían antorchas y comenzaban a quemar las lonas de algunos camiones. Los conductores reaccionaron saliendo a toda velocidad del campamento y el caos se apoderó de todo.

Los soldados intentaron replegarse y colocarse entre las barracas 6 y 4. Estaban sorprendidos de la reacción de los prisioneros. Normalmente nadie se resistía a sus fechorías en Auschwitz, pero aquel día habían encontrado la horma de su zapato.

Me sentí orgullosa de aquellos gitanos que la mayoría de la gente consideraba antisociales, pero que habían sido los únicos capaces de defender a sus familias antes de dejarse llevar como ovejas al matadero.

Los soldados mataron a uno de los chicos que les lanzaba piedras desde un tejado cercano, al lado vi a Blaz con su tirachinas. Estaba en el punto de mira de un soldado, corrí hacia él y le empujé con todas mis fuerzas, el alemán perdió el equilibrio y erró el tiro.

—¡Blaz, baja del tejado y regresa a la guardería! —grité mientras uno de los soldados me golpeaba en la cara con la culata de su mosquete.

Mi hijo saltó desde encima de la barraca y se lanzó al cuello del SS, otro grupo de chicos se unió a él y los dos soldados comenzaron a correr hacia el resto de sus compañeros.

Blaz me ayudó a ponerme en pie y le agarré por los hombros mientras le preguntaba ansiosa:

—¿Has visto a los gemelos?

Él negó con la cabeza, pero uno de sus amigos señaló con el dedo uno de los primeros camiones, que aún estaba parado junto a la entrada del campo. La lona estaba arrancada y se veía a una treintena de prisioneros que intentaban escapar, entre ellos estaban los gemelos.

A pesar de que ordené a Blaz y al resto de los chicos que se fueran a la guardería, todos me siguieron. Corrí hasta el camión, que quería girar, pero la salida del resto del convoy se lo impedía. Los soldados pretendían alejar al resto de los prisioneros que intentaba auxiliar a los detenidos, pero la mayoría de los SS comenzó a retirarse ordenadamente. Cuando llegamos hasta el camión, este giró y se enfiló hacia la salida. Los kapos formaron una barrera para que no pasásemos, pero la gente la derrumbó y corrió tras el camión. Me acerqué a uno de los costados y pude ver a los dos gemelos. Nos encontrábamos a unos diez metros de la alambrada, los soldados estaban apostados al otro lado en posición de defensa, dispuestos disparar a cualquiera que intentara salir del campamento. Entonces grité a los niños que saltasen. Miraron a los casi dos metros y medio de altura a la que estaban, pero Ernest se subió a la madera y tomó la mano de su hermana Emily. Se lanzaron al barro y rodaron unos segundos hasta detenerse por completo. El camión atravesó la alambrada y varios soldados cerraron rápidamente la entrada. Apenas habían logrado llevarse a una decena de gitanos, la mayoría había logrado escapar.

La gente comenzó a correr hacia las barracas. Temíamos que los nazis comenzaran a disparar sus ametralladoras, pero no hubo más ataques.

Aquella noche, los niños se quedaron con las profesoras en la guardería y la escuela infantil. El resto de los gitanos se preparó para un nuevo ataque en el campamento. Se dejaron libres las primeras barracas y saquearon el almacén y la cocina. Se improvisó una pequeña barricada y pasamos toda lo noche en vela, esperando el ataque de las SS.

A las diez de la noche, todos los niños ya estaban dormidos, en el campo se respiraba una tensa calma y no sabíamos en qué momento se rompería. Los niños se encontraban repartidos por el suelo de toda la sala, menos cerca de la puerta, allí estábamos acostadas las profesoras. El suelo de madera estaba congelado y me dolían los huesos. Los gemelos no habían querido separarse de mí y tenía a uno a cada lado.

—Creo que esto es el fin —dijo en un tono casi susurrante Zelma.

No sabía qué responder, yo pensaba exactamente lo mismo. Cada día llegaban más trenes con judíos húngaros y al parecer nos habíamos convertido en una molestia para los nazis.

—A otros les llegó la hora en cuanto descendieron de los trenes, al menos hemos podido hacer algo hermoso antes de morir —le contesté, aunque realmente no estaba completamente segura de que hubiera merecido la pena alargar la agonía de muchos de los niños que habían caído en manos de Mengele.

—Ha sido un placer conocerla y un honor trabajar con usted.

—Zelma, no pienses en esas cosas. Los nazis necesitan a los jóvenes para fabricar sus armas, seguramente a vosotras os saquen con vida de aquí. Yo he tenido una vida plena, lo lamento por mis hijos, pero no sé qué tipo de mundo quedará tras la guerra, tal vez la muerte sea un descanso para todos nosotros.

No me sentía resignada, estaba dispuesta a luchar hasta mi último aliento. Pensaba que el defender nuestras vidas era el único acto de libertad que nos quedaba, pero la muerte parecía tan segura que comenzaba a hacerme a la idea.

—Uno de los niños, Klaus, ha descubierto que alguien de pequeño tamaño podría salir por las letrinas de la Sauna hasta el campo de fútbol, desde allí debería intentar traspasar los crematorios e internarse en el bosque —dijo Zelma muy seria.

—Eso es una locura. Es imposible que alguien llegue muy lejos —le contesté.

—Algunos de los nuestros han logrado escapar en estos meses, la mayoría no llegaron muy lejos, pero unos pocos lo consiguieron.

—Estamos rodeados por soldados, sería un suicidio dejar que los niños salgan por esas letrinas —dije, zanjando el tema.

La joven gitana se quedó callada y el silencio ocupó de nuevo su trono inalterable. Auschwitz se había convertido en un gigantesco cementerio y nosotros ánimas que aún no éramos conscientes de nuestro propio final.

El resto de la noche lo pasé en un incómodo duermevela. Escuchaba la respiración de los niños, que un día más habían sobrevivido en el campo. Después, un fuerte pitido nos despertó a primera hora de la mañana y todos salimos a las puertas de las barracas para escuchar con más claridad la voz del megáfono al fondo del campamento. La gente se quedó parada delante de los edificios, como si fuera un grupo de vecinos curiosos que intentaba enterarse de lo que sucedía.

Reconocía la voz de Johann Schwarzhuber, el *Obersturmführer* del campo gitano. No le habíamos visto muchas veces dentro de la alambrada, pero su voz chillona era inconfundible.

—Amigos y amigas romaníes. Nuestra intención no es, como alguien ha difundido en el campamento, la de eliminar a los gitanos de Auschwitz. Vosotros sois nuestros invitados y después de la guerra podréis vivir en un buen lugar. Ayer se iban a llevar a algunas mujeres y algunos hombres a otros campos de trabajo, para ayudar a Alemania en su guerra contra el comunismo. Para que el pueblo zíngaro vea nuestra voluntad, nadie será castigado por el acto de rebeldía de ayer. En los próximos días pasaremos a los ancianos de la comunidad los nombres de los prisioneros y prisioneras que nos llevaremos y en cuáles campos serán reubicados. Los kapos repartirán hoy a todos doble ración de comida y mañana se restaurará el ritmo normal del campo.

Nos miramos sorprendidas unas a otras, no nos fiábamos mucho de las palabras de un oficial de las SS, pero al menos parecía que los nazis estaban firmando una tregua con nosotros. Tal vez temían que la rebelión se extendiera a otras partes del campo, pero lo cierto fue que, dos horas más tarde, los kapos repartieron comida y se restableció la normalidad en el campamento.

Diez días después, los nazis cumplieron su palabra y se llevaron a algo más de mil quinientos prisioneros. A finales de mayo apenas quedábamos cuatro mil supervivientes de los más de veinte mil de principios de mayo de 1943.

En cuanto salió la última partida de prisioneros, la situación en el campamento comenzó a deteriorarse cada vez más. Veíamos a decenas de trenes llegar de día y noche al andén cercano. Miles de personas caminaban hasta los crematorios y desaparecían para siempre a finales de aquella primavera negra en la que, por primera vez en la historia, la fría muerte venció a la floreciente vida que anunciaba el próximo verano.

# 17

Auschwitz, agosto de 1944

El calor insoportable parecía querer anticipar el infierno que estábamos a punto de vivir. Apenas teníamos agua, la comida se había
reducido hasta el punto de que muchos se movían como autómatas por el campamento y la mortalidad infantil era abrumadora. A
lo largo de los últimos días de marzo, los nazis habían deportado
a la mayoría de mis ayudantes. Las dos enfermeras Maja y Kasandra ya no estaban con nosotras y, de las antiguas madres gitanas,
la única que aún nos ayudaba era Zelma. Vera Luke se había convertido en mi mano derecha, pero el número de niños al que cuidábamos era muy reducido. La barraca de la escuela infantil
estaba clausurada, también algunas de las barracas del hospital, la
última miembro del personal sanitario que aún quedaba en el
campo gitano era Ludwika.

Las noches eran agobiantes, pero lo peor no era el bochorno y
la humedad, lo verdaderamente terrible era el asfixiante olor a
humo de los crematorios y las hogueras que se extendían en una

interminable noche de San Juan por la zona de los crematorios 3 y 4. El bufido de trenes que llegaban de día y de noche de Hungría parecía incesante. A veces se acumulaban dos o tres y los prisioneros debían esperar uno o dos días dentro antes de caminar hasta los mataderos que los nazis habían preparado para ellos.

Escuchábamos algunas buenas noticias que llegaban del frente: los aliados estaban reconquistando Francia y los rusos comenzaban a penetrar en Polonia. Los bombardeos eran tan intensos que veíamos pasar aviones de día y de noche sobre nuestras cabezas. Aunque los pocos que quedábamos con vida en el campo gitano teníamos la sensación de que aquellas buenas noticias no nos librarían de las garras de nuestros verdugos.

Mengele ya no pasaba nunca por el campo gitano, lo solía ver desde la alambrada seleccionando a los pobres judíos húngaros que llegaban en oleadas interminables cada día a Birkenau. Desde la distancia parecía sereno, vestido con la misma pulcritud de siempre, como si el desmoronamiento del Tercer Reich y la descomposición progresiva de Auschwitz no le afectaran en absoluto. El doctor nos hacía llegar secretamente algunos alimentos, de alguna manera seguía protegiendo a mi familia, aunque fuera como el último resquicio de humanidad que aún le quedaba. Los guardianes, en cambio, parecían abatidos y furiosos al mismo tiempo. Mataban a los prisioneros a capricho, movidos por cualquier excusa, pasaban la mayor parte del día bebidos, ebrios de sangre y odio, como perros rabiosos que se encuentran acorralados y dan sus últimas dentelladas antes de desaparecer.

El caos reinaba por doquier. Los nazis se sentían desbordados en todos los sentidos y sabíamos que, en cierta forma, nuestro campamento era un quebradero de cabeza para las autoridades del campo. Unas semanas antes, los soldados de las SS habían desalojado el campo de familias judío, durante varios días habían llevado a casi todos sus miembros en camiones hacia las cámaras de gas. Los checos apenas habían presentado resistencia, aunque eran muchos más que nosotros. En nuestro campo apenas quedaban hombres jóvenes, la mayoría eran niños, mujeres y ancianos. Sin duda, éramos una presa fácil para los nazis.

Aquella mañana, los kapos y las guardianas, que en las últimas semanas apenas se habían atrevido a entrar, pasaron lista y advirtieron a un millar de prisioneros que al día siguiente partirían para otros campos. Mientras escuchábamos la monótona lectura de los nombres, nos sorprendió oír el nombre de Else Baker, que desde la primavera pasaba parte de su tiempo con nosotras.

Me acerqué a la niña y, tomándole la mano, la felicité.

—Else mañana saldrás de Auschwitz, espero que pronto puedas ver de nuevo a tus padres —le dije mientras le acariciaba el pelo.

—Muchas gracias, *Frau* Hannemann —dijo la niña, sonriente.

Else parecía exultante. Después de unos meses en Auschwitz, el poder salir de aquel infierno, aunque fuese para entrar en otro, parecía la mejor de las noticias. Tras el recuento, Elisabeth Guttenberger, la secretaria del campo, se acercó hasta mí con discreción. Me pidió que caminásemos un rato y nos dirigimos hacia la guardería. Me sentía completamente agotada, el hambre estaba comenzando a afectarme de verdad. Sentía una especie de cansancio crónico y una apatía casi constante. Lo único que me animaba a seguir luchando eran mis hijos y los niños del campamento.

—Esto se ha terminado.

—¿Qué quiere decir? —le pregunté extrañada.

La mujer se paró y muy seria me tomó de las manos.

—Debe conseguir un permiso para usted y los niños. No puedo contarle todo, pero los nazis necesitan sus instalaciones para los prisioneros húngaros. Los gitanos ya no somos importantes.

—Transportarán al resto. ¿Qué van a hacer con nosotros? Apenas quedaremos mañana poco más de tres mil.

—Mire a su alrededor. Únicamente quedan los que ya no sirven para trabajar. El hospital ha sido desmantelado y todos los colaboradores del campo tenemos órdenes de presentarnos esta noche en la puerta principal. Mañana no habrá ningún kapo, guarda, secretaria o cocinera en el campo gitano.

Estábamos llegando al límite del campo cuando dimos la vuelta. Observé las barracas de madera basta, verdaderas cuadras creadas para animales, la avenida polvorienta y la alambrada electrificada que trazaba las fronteras de aquella pequeña nación gitana. Llevábamos poco más de un año en Birkenau. Durante todo ese tiempo solo había salido de aquella cárcel una vez; de alguna manera, aquel pedazo de tierra infecta era nuestro hogar. No comprendía qué mal le hacíamos a los nazis, por qué nos consideraban tan peligrosos, la mayor parte de la gente internada en Auschwitz no había cometido nunca un delito.

—No creo que el doctor Mengele nos deje morir sin más. Hasta ahora ha cuidado de mi familia. Aunque haya hecho cosas reprobables e inhumanas, no pienso que deje morir a una mujer alemana y sus cinco hijos.

Intenté parecer firme, aunque era consciente de que la lógica de fuera del campamento no tenía nada que ver con la lógica que había dentro. Muchas veces, las órdenes más absurdas se llevaban a la práctica con una frialdad pasmosa, a pesar de que se viera a todas luces que eran una barbaridad.

—De todas maneras, he mandado un escrito al comandante en su nombre pidiendo un traslado. Espero que llegue la contestación mañana a primera hora. Tenga preparada sus cosas. No les dejaremos aquí —dijo Elisabeth abrazándome.

Parecía que nos estábamos despidiendo en el andén de una estación, pero no éramos dos viejas amigas que han pasado un tiempo juntas y ahora tienen que separarse, más bien éramos dos náufragos en medio del océano embravecido de la guerra y la locura humana. Hitler había declarado la guerra total, los nazis debían desechar todo aquello que no ayudara o contribuyera a la victoria final y nosotros componíamos parte de ese desecho de guerra.

La tarde languidecía en el campamento cuando reuní a mis hijos para cenar, algo antes de que nos fuéramos a dormir. Intenté que la rutina fuera la misma de cada día, para que no estuvieran nerviosos. Los tres pequeños se acostaron pronto y Otis no tardó mucho más en dormirse, pero Blaz parecía especialmente despierto aquella noche.

—Mañana se irá la mayoría de la gente, únicamente quedaremos aquí unos pocos. Se rumorea que nos van a hacer lo mismo que a los checos. Los ayudantes no dormirán hoy aquí y mañana pasarán por la mañana a recoger a los que nombraron en la lista.

—Ya lo sé, hijo. No te preocupes, Elisabeth lo está arreglando para que vayamos en el próximo convoy.

—No habrá próximo convoy, mamá. Deberíamos intentar colarnos entre los que salen para otros campos —dijo Blaz, convencido de que era fácil que una familia con cinco hijos se esfumara delante de los ojos de los nazis.

—Eso no es tan sencillo.

—Tal vez Elisabeth podría meternos en la lista.

—Han seleccionado a los más aptos y a todos los que tenían medallas o reconocimientos por haber luchado en la Gran Guerra —le contesté.

Blaz miró malhumorado hacia el suelo, pero no tardó mucho en continuar con sus argumentos.

—Podemos escapar por las letrinas...

—Tus hermanos son muy pequeños y yo demasiado grande —le contesté.

—No podemos quedarnos con los brazos cruzados —dijo Blaz, molesto.

—Mañana pensaremos en algo, tal vez Elisabeth consiga que salgamos de aquí —le dije mientras le acariciaba el pelo.

Cuando la respiración tranquila de mi hijo mayor me indicó que estaba plácidamente dormido, me dirigí a la sala. Recogí lo mejor que pude todo el material. Al día siguiente no había clase y no sabía si algún día volvería a haberla, pero prefería dejar todo en orden. Miré las paredes con los dibujos, las mesas pequeñas y los lápices de colores desgastados. Me sentí satisfecha, recordé las palabras de Ludwika unos meses antes, todo aquel trabajo no había sido en balde, de alguna manera nos habían devuelto nuestra dignidad como seres humanos y nuestro derecho a no ser tratados como bestias.

Escribí mis últimas reflexiones del día en el diario. Mis sentimientos fluyeron como ninguna otra noche.

*Todo se acerca a su fin como en un drama shakespeariano. La tragedia parece inevitable, como si el autor de aquella macabra obra teatral quisiera dejar boquiabierto a su público. Los minutos corren inexorables hacia el final del último acto. Cuando el telón caiga de nuevo, Auschwitz continuará escribiendo su historia de terror y maldad, pero nosotros nos convertiremos en almas en pena que recorren los muros del castillo de Hamlet, aunque ya no podamos advertir a nadie del injusto crimen que habrán hecho con el pueblo gitano. Echo de menos a Johann, ignoro cuál habrá sido*

*su suerte, pero en el desbarajuste en que poco a poco se está convir-*
*tiendo Auschwitz me asalta el temor de que los nazis se deshagan*
*también de los incómodos testigos de sus asesinatos.*

No tardé mucho en regresar a la cama, aunque no dormí nada. Los recuerdos de toda una vida me asaltaban a cada segundo, me sentía satisfecha de haberme casado con mi esposo. Algunos le consideraban un ser despreciable por tratarse de un gitano, para mí era uno de los hombres más maravillosos de la tierra. Pensé en mis padres. Eran ya muy ancianos y no estaba segura de que fueran capaces de sobrevivir a la guerra, ellos también habían vivido una vida plena y feliz. Mis niños dormían a mi lado mientras el sol intenso del verano comenzaba a asomar por el horizonte. Sentía un profundo temor, pero oré durante un buen rato para que Dios alejara de mi mente los malos presagios. Me conformé a su voluntad y con esa seguridad me quedé dormida justo cuando el día despertaba.

De alguna manera, nuestros cuerpos intentaron relajarse aquella mañana. Cuando me espabilé eran casi las diez. No tenía nada para darles a los niños, pero calenté un poco de té y eso fue lo que tomamos en silencio mientras se escuchaba el ruido de la gente que iba a formar para la selección.

Alguien llamó a la puerta y salí para abrir. Era Zelma, tenía sus pocas pertenencias en una especie de sábana que colgaba a su espalda. Su semblante parecía triste, pero en seguida me regaló una de sus hermosas sonrisas.

—*Frau* Hannemann, vengo a decirle adiós. Ha sido un honor conocerla.

—Lo mismo digo —contesté abrazándola.

—Nunca olvidaré a su familia.

Los niños salieron a despedirla y ella se entretuvo besando y abrazando a cada uno de ellos. Al terminar, las lágrimas cubrían sus grandes ojos verdes. Cuando comenzó a caminar hacia las filas, sentí una profunda tristeza.

Ludwika salió de la barraca del hospital y se acercó hasta la guardería. Ella era mucho menos expresiva que mi ayudante, pero intentó a su manera despedirse.

—Elisabeth me ha comentado que os conseguirá una orden de admisión en otro campo. Nunca te debieron traer aquí —dijo mi amiga al borde del llanto.

—¿Por qué? No soy mejor que esas personas. Puede que tenga el pelo rubio y los ojos claros, que mis padres fueran alemanes, eso son únicamente accidentes. Me siento como uno de ellos. Ojalá me aceptaran como una más de su pueblo. Han vivido siempre de esta manera, perseguidos y despreciados por todos, pero hay algo grande en sus corazones, una nobleza que ya no se encuentra en el mundo.

Mi amiga se echó a llorar sobre mi hombro. Hasta el último momento tuve que consolar a los que querían ayudarme en este trance tan difícil. Mientras los niños jugaban un rato, recordamos algunas de las cosas que habíamos vivido durante nuestra estancia en el campo. No todas habían sido malas. Después, los nazis ordenaron a los prisioneros seleccionados que fueran subiendo en los camiones que se encontraban entre las barracas de la cocina y el almacén.

La mayoría de los prisioneros se metieron en sus barracas antes de que anocheciera. El calor era asfixiante, pero de alguna manera sentían que dentro de sus cuadras de madera estarían algo más protegidos. Yo prefería quedarme un rato más mirando aquel hermoso día de agosto.

Elisabeth se acercó a las cinco de la tarde hasta nuestra barraca. El campo parecía apagado y vacío cuando la vi caminar por la amplia avenida. Mientras se aproximaba recordé cuando todo estaba lleno de familias que intentaban matar el tiempo dando paseos antes de ir a cenar.

La secretaria se quedó parada a un par de metros de mí. Hizo un gesto negativo con la cabeza y no se atrevió a subir. Comenzó a llorar y se tapó la boca con su mano morena, para intentar atrapar el llanto que rompía la tranquilidad de la tarde.

—¿Cuánto nos queda? —le pregunté serena, como si lo único que me importara en aquel instante fuera conocer lo que me esperaba.

—Dos horas antes de que vengan.

—Gracias por todo.

La mujer se dio la vuelta y muy despacio se alejó por la avenida. Entré en la sala y estuve jugando con los niños casi las dos horas seguidas. Esperábamos que las SS irrumpieran en cualquier momento en la guardería, pero, para mi sorpresa, el cielo nos regaló algo más de tiempo.

Escribí durante un rato, luego dejé el diario sobre la mesa y cuando estaba a punto de comentar a mis hijos lo que iba a suceder, escuché que alguien llamaba a la puerta.

El doctor Mengele entró vestido con un largo abrigo de cuero negro. Nos saludó educadamente y me pidió que nos viéramos a solas. Mandé a los niños al cuarto de atrás y nos sentamos en una de las mesas, como dos viejos amigos que hacía tiempo que no se veían.

El hombre permaneció en silencio unos segundos y después dejó una hoja sobre la mesa.

—¿Qué es ese documento? —le pregunté confusa.

—Es un salvoconducto. Usted no es prisionera del Tercer Reich, con esa carta podrá regresar a casa —dijo el hombre muy serio, con el rostro apagado.

—¿Podemos regresar a casa? —le pregunté más extrañada que alegre.

204 Canción de cuna de AUSCHWITZ

—No, usted puede regresar a casa. Sus hijos tienen que quedarse —contestó escueto.

—Mi familia está aquí. No puedo irme sin ellos. Soy una madre, *Herr Doktor*. Ustedes hacen la guerra por ideales, defienden sus creencias fanáticas de libertad, nación o raza, pero las madres únicamente tenemos una patria, un ideal y una raza: nuestra familia. Acompañaré a mis hijos a dondequiera que les lleve el destino.

Mengele se puso en pie y se atusó el pelo nervioso. De alguna manera, yo le desconcertaba, rompía el modelo de mujer aria que él tenía en su mente.

—Morirán esta misma noche en las cámaras de gas. Se convertirán en parte de una masa confusa de cuerpos, después sus miembros se desintegrarán devorados por las llamas y se transformarán en ceniza. Usted puede rehacer su vida, tendrá otros hijos y conseguirá darles lo que ya no pudo darles a estos. Ha sacrificado su vida, mírese, parece el fantasma de usted misma. Está en los huesos.

Le sonreí. En aquel momento supe que siempre había sido superior a él y a todos los asesinos que gobernaban aquel infierno. Ellos eran capaces de terminar con la vida de decenas de miles de personas en segundos, pero no podían crear vida. Una buena madre valía más que toda la maquinaria asesina del régimen nazi.

Retiré con la mano el papel. Pensé en suplicarle, arrastrarme delante de él, para que salvase a mis hijos, pero me quedé quieta, con una paz interior que no podía explicar. Mengele tomó el papel de la mesa, lo guardó dentro de la chaqueta y por un instante pude ver en sus ojos algo parecido a admiración.

—*Frau* Hannemann, no entiendo lo que hace. Este acto individual es deplorable, está anteponiendo sus sentimientos al bien de su pueblo. Lo que hemos intentado hacer en Alemania los nacionalsocialistas ha sido justo lo contrario, un cuerpo nacional en el que el individuo ya no tiene importancia. Espero que esté segura de su decisión, ya no hay marcha atrás.

El oficial se dirigió hacia la salida. Los niños aparecieron en cuanto escucharon que estaba sola. Todos me abrazaron a la vez, formamos un único cuerpo con seis corazones latiendo al unísono.

—Nos van a llevar a un lugar mejor —dije a mis hijos con un nudo en la garganta. Podía parecer que les estaba mintiendo, pero lo creía de verdad.

La esperanza de la muerte tenía aquel día un dulce sonido a eternidad. En unas horas seríamos libres para siempre.

Los pequeños enseguida regresaron a sus juegos, el único que se quedó a mi lado fue Blaz.

—Hijo, he pensado que debes intentarlo. No nos queda mucho más de quince minutos. Te he preparado algo de comida, también un poco de dinero. Algunos comentan que cerca del campo la resistencia polaca ayuda a los pocos que logran escapar.

—Pero no puedo dejaros —dijo Blaz, confundido.

—Quiero que des un beso a tus hermanos. Ellos vivirán a través de ti, tus ojos serán sus ojos, tus manos las de ellos, nuestra familia no será raída para siempre de la faz de la tierra.

Blaz comenzó a llorar, me abrazó y noté el calor de su cuerpo por última vez. Se despidió de sus hermanos, que lo abrazaban indiferentes para continuar con sus juegos. Sus ojos parecían querer retener los rostros delgados de todos ellos. El tiempo siempre devora con su insaciable apetito los recuerdos y las caras de las personas amadas. Únicamente la memoria los retiene con el esfuerzo de las lágrimas y el suspiro doloroso del amor.

Le coloqué bien la gorra cuando estuvo frente a la puerta. Le acompañé hasta la puerta, coloqué sus ropas y le limpié la cara con un paño, después le di un último beso antes de que se alejara hacia la Sauna. Cuando desapareció entre los barracones, se escuchó una sirena. Noté un nudo en el estómago y contuve la respiración. Un silencio incómodo se impuso en todo el campo, después el sonido de motores y por último los ladridos de unos perros que se aproximaban. Entré de nuevo en la guardería. Miré a mis hijos, que estaban jugando, me senté a su lado y les ayudé a recortar unos papeles, mientras el mundo desaparecía a nuestros pies envuelto en fuego y ceniza. Recordé el rostro sonriente de Johann y quise creer que él sí se salvaría de la destrucción, que un día lograría reunirse con Blaz y juntos reconstruirían el edificio derruido de nuestra existencia. En aquellos últimos instantes pensé en el aroma a café de nuestro hogar y en los minutos previos al desayuno, cuando todos dormían acurrucados bajo la sombra de mis alas. «*Bendita cotidianidad, que nada te rompa, nada te hiera ni niegue la belleza y el dulce trazo que dibujas en nuestras almas*», escribí en el cuaderno antes de cerrar definitivamente sus hojas.

# EPÍLOGO

No quería recordar. Es cierto que siempre me vienen a la memoria la camaradería de aquella época y los sueños rotos de nuestros ideales, pero prefería que el pasado permaneciera en una nebulosa opaca que lo ocultase todo.

Deposité el cuaderno escolar sobre el asiento de al lado y cerré los ojos intentado recuperar el aliento. Aquella lectura me había fatigado, como si hubiera caminado demasiado deprisa mientras ascendía por una ladera empinada. Había pasado todo el vuelo leyendo, me sentía cansado, pero sobre todo abrumado por el nítido recuerdo de Helene Hannemann. Las imágenes me golpearon la retina como látigos enfurecidos y vengativos. Aún puedo verla escoltada por los soldados en la tarde del 2 de agosto de 1944. El campamento gitano era un verdadero caos de gritos y súplicas, pero ella parecía sosegada, como si estuviera preparando a sus hijos para un cómodo viaje de vacaciones. Mis hombres tuvieron que ofrecer pan y salchichas a los gitanos para convencerles de que les llevábamos a otro campo, pero ella se limitó a tomar la comida y, tras ayudar a sus hijos a subir en uno de los camiones, les dio permiso para que comieran despacio aquel último bocado antes de morir.

No quise acercarme demasiado, de alguna manera me afectaba su valentía, me hacía sentir una sombra de duda y perder las certezas de mi credo. La observé de lejos, estaba en la parte trasera del camión. Cuando el vehículo comenzó a moverse, Helene apretó contra su cuerpo a los más pequeños, el resto de los prisioneros lloraba o se golpeaba el pecho por el miedo a las cámaras de gas, pero ella comenzó a cantar una canción de cuna. Su voz parecía mecer las almas de aquellos pobres infelices y, antes de atravesar la alambrada en dirección al crematorio, los gritos habían cesado y los llantos dieron paso al profundo silencio de la muerte.

Me quedé con algunos soldados registrando las barracas. Descubrimos a unos pocos gitanos intentando esconderse de su destino, pero en mi mente la voz de Helene Hannemann seguía tarareando la vieja canción de cuna. Sus palabras revoloteaban con las cenizas de su existencia cuando abandoné aquella noche el campo gitano para no regresar más a él. Tanto valor, tanto amor en medio de la más absoluta oscuridad: me cegó por un segundo, pero pronto comprendí que el destino de los hombres es un enigma en la mente de los dioses y nosotros éramos dioses, aunque fuera al final de nuestro propio crepúsculo.

# ALGUNAS ACLARACIONES
# HISTÓRICAS

La historia y vida de Helene Hannemann y sus cinco hijos es totalmente cierta. Helene era una alemana casada con un hombre gitano. Ella y su familia fueron enviados en mayo de 1943 a Auschwitz y encarcelados en Birkenau en el «campo gitano». Tras la llegada del doctor Josef Mengele a Auschwitz, Helene fue elegida para abrir y dirigir la *Kindergarten* (guardería) del campo. La mujer era enfermera y Mengele la eligió al pensar que una alemana haría mejor su trabajo. Helene tuvo varias ayudantes gitanas, dos enfermeras polacas y la enfermera checa Vera Luke.

La guardería y una escuela infantil fueron instaladas en las barracas 27 y 29. Las instalaciones contaban con columpios, material escolar y un proyector de cine. El doctor Mengele utilizó la guardería como lugar en el que cuidar a los niños que utilizaría más adelante como conejillos de indias de sus experimentos.

La noche del 2 al 3 de agosto de 1944, el campo gitano fue exterminado. A pesar de las promesas del doctor Mengele, Helene

Hannemann y sus cinco hijos fueron asesinados en las cámaras de gas. A ella se le ofreció la posibilidad de salvarse si abandonaba a sus hijos, pero prefirió morir a su lado. En la novela salvé a Blaz para que al menos al lector le quedara algo de esperanza, pero la realidad es que los cinco niños murieron aquella noche.

He modificado los nombres de los niños y el esposo de Helen, pero he mantenido los nombres verdaderos de la mayoría de los personajes reales que vivieron y sufrieron en el campo gitano de Auschwitz.

Ludwika Wierzbicka, la amiga enfermera de Helen, es una prisionera real que atendió el hospital gitano. También lo era todo el equipo médico referido en esta obra.

Elisabeth Guttenberger, la secretaria del campo, fue un personaje real que logró sobrevivir a la matanza de los gitanos y a la Segunda Guerra Mundial.

Los perfiles de las guardianas nazis Irma Grese y María Mandel han intentado ser fieles a la realidad. Se rumoreó que Irma Grese, una joven de gran belleza y crueldad, fue amante del doctor Mengele y que abortó en el campo un hijo de él. María Mandel, una de las guardianas más crueles, se encaprichó de un niño gitano, como se narra en este libro, pero tuvo que entregarlo a la muerte. Ambas murieron ahorcadas después de ser juzgadas por crímenes de guerra.

Dinah Babbitt también es un personaje real. Esta joven pintora checa de origen judío fue utilizada por Mengele para retratar a prisioneros gitanos.

La guardería del campo gitano de Auschwitz existió y estuvo en funcionamiento desde mayo de 1943 hasta agosto de 1944.

En Auschwitz fueron encarceladas 20.943 personas de etnia gitana, de manera oficial, aunque algunos miles más fueron asesinados al llegar, sin que se llevase registro de ellos. Se calcula que en el campo nacieron unos 371 niños, aunque Michael Zimmermann, un investigador de Auschwitz, defiende que los prisioneros reales fueron 22.600, de los que sobrevivieron unos 3.300, al ser trasladados a otros campos a mediados de 1944. Los gitanos pertenecían principalmente a Alemania, Moravia, Protectorado de Bohemia y Polonia, aunque hubo algunos de otros lugares.

Son ciertos los dos intentos de exterminio del campo y cómo la resistencia de los gitanos, en mayo de 1944, retrasó su eliminación hasta agosto de ese mismo año.

Himmler no visitó Auschwitz en la primavera de 1943. La última vez que estuvo en el campo de exterminio fue en el verano de 1942.

Josef Mengele fue trasladado al campo de Gross-Rosen el 17 de enero de 1945. Llevó consigo dos cajas de documentos, el resto de sus investigaciones fue destruido por las SS ante la inminente llegada de los rusos al campo. Mengele escapó el 18 de febrero y se confundió entre los miles de soldados capturados por los aliados. Con la identidad falsa de Fritz Hollmann, escapó por Génova hacia Argentina. A pesar de ponerse precio a su cabeza, Mengele nunca fue capturado y se cree que murió ahogado en Brasil mientras nadaba, el 7 de febrero de 1979.

En febrero de 2010, un nieto de una víctima del Holocausto compró el diario de Mengele. En 2011 se vendieron otros treinta y un volúmenes de diarios de Mengele, adquiridos por un coleccionista anónimo.

No sabemos si Helene Hannemann escribió un diario, pero hemos creído que sería más cercano el testimonio directo de la protagonista a la hora de narrar esta historia.

El doctor Mengele viajó a Suiza para ver a su hijo en marzo de 1956, como se narra en este libro. Se cree que fue la última vez que pisó suelo europeo.

# CRONOLOGÍA DEL CAMPO GITANO DE AUSCHWITZ

1942　16 de diciembre. Heinrich Himmler, Comandante en Jefe de las SS, emite el decreto para la encarcelación de los gitanos en los territorios ocupados por los nazis y la creación de un campo gitano en Auschwitz.

1943　1 de febrero. Se constituye oficialmente un campo gitano en Auschwitz, aunque ya había otros gitanos encerrados por delitos comunes.

26 de febrero. Llegan los primeros gitanos al campo de exterminio.

Marzo. Llegan 23 transportes con 11.339 miembros de la etnia gitana.

23 de marzo. Unos 1.700 hombres, mujeres y niños son exterminados para evitar la propagación del tifus, tras llegar a Auschwitz.

Abril. Llegan 2.677 miembros de la etnia gitana.

Mayo. Llega a Auschwitz el doctor Josef Mengele como médico adjunto al campo gitano.

Mayo. Llegan 2.014 prisioneros al campo gitano. Se crea la guardería en el campo gitano.

25 de mayo. Mengele ordena asesinar a 507 hombres y 528 mujeres para evitar una nueva epidemia de tifus.

1944    15 de abril. Se traslada a 884 hombres y 437 mujeres a Buchenwald y Ravensbrück.

16 de mayo. Se intenta eliminar a los miembros del campo gitano, pero se detiene su exterminio ante la resistencia de los presos.

23 de mayo. Se transporta a 1.500 presos a otros campos.

21 de julio. Llegada de los últimos gitanos al campo gitano.

2 de agosto. Unos 1.408 prisioneros son enviados a otros campos. El resto, 1.897 hombres, mujeres y niños, son asesinados en la cámara de gas de Birkenau.

9 de noviembre. Un centenar de prisioneros son trasladados al campo de concentración de Natzweiler, para experimentos contra el tifus.

1945    27 de enero. Los soviéticos liberan a los últimos 7.600 prisioneros que aún quedaban en Auschwitz.

1947    El primer juicio de Auschwitz en Cracovia, Polonia. Unos cuarenta antiguos oficiales y soldados SS fueron condenados y algunos murieron ahorcados.

1963    El segundo juicio de Auschwitz en Fráncfort, donde veintidós nazis fueron procesados y diecisiete de ellos resultaron condenados.

# GLOSARIO

*Arbeit macht frei*: El trabajo da libertad.

*Bajío*: Suerte.

*Beng*: Diablo.

*Blockführer*: Encargado del bloque.

*Gadyí*: Paya, no gitana.

*Guten morgen*: Buen día.

*Kindergarten*: Guardería.

*Knirps*: Chaval.

*Luger*: Un tipo de pistola.

*Obersturmführer*: Líder superior de ataques.

*Sonderkommandos*: Grupos de prisioneros varones obligados a desechar los cadáveres de las cámaras de gas o los crematorios.

*Zigeunerlager*: Nombre con el que se conocía al campamento de familias gitano.

# AGRADECIMIENTOS

La memoria de Helene Hannemann y su familia quedará para siempre en las páginas de este libro, pero sobre todo en la mente y el corazón de los miles de lectores que la leerán. Cuando ninguno de nosotros esté aquí, aún muchos sabrán del inmerso valor de esta gran mujer y madre.

Quiero expresar mi agradecimiento al Museo de Auschwitz, que nos facilitó un guía personal para visitar y descubrir tanto Auschwitz I, como Auschwitz II Birkenau.

A los testimonios escritos de Miklós Nyiszli, asistente de Mengele, a la obra sobre los gitanos en Auschwitz de Stawomir Kapraiski, Maria Martyniak y Joanna Talewicz-Kwiatkowska. A la obra de Primo Levi, que vivió y murió recordando el infierno de Auschwitz. También al libro de Mónica G. Álvarez titulado *Guardianas nazis* (Madrid: Edaf, 2012). Al testimonio del verdugo y comandante de Auschwitz, Rudolf Höss, que escribió un ignominioso libro para limpiar su conciencia, pero nos aportó detalles imprescindibles. A los biógrafos de Mengele, Gerald L. Posner y John Ware. Al testimonio del superviviente gitano Otto Rosenberg.

Al desgarrador relato de la doctora Olga Lengyel y al periodista Laurence Rees, por su libro *Auschwitz: Los nazis y la solución final* (Barcelona: Crítica, 2005)

A Miguel Palacios Carbonell, destacado miembro de la comunidad gitana española, que me contó la hermosa historia de Helene Hannemann y su familia.

Al presidente de HarperCollins Español, Larry Downs, que tiene ojos y oídos, en un mundo ciego y sordo.

A todo el equipo de HarperCollins Español, Graciela, Roberto, Jake, Carlos, Alfonso y Lluvia.

# NOTAS

1. Elie Wiesel, escritor rumano de origen judío, superviviente de los campos de concentración nazis, en *US News & World Report* (27 octubre 1986). Citado en Christian Volz, *Six Ethics: A Rights-Based Approach to Establishing an Objective Common Morality* (eBookIt.com), versión electrónica, sección «Essay 3: Social Justice».
2. Miklós Nyiszli, médico húngaro de origen judío; ayudante del doctor Mengele; en *Fui asistente del Doctor Mengele: Recuerdos de un médico internado en Auschwitz* (Oświęcim: Frap-Books. 2011).
3. Olga Lengyel, doctora húngara superviviente de Auschwitz, en *Los hornos de Hitler* (México: Diana, 1961).

# ACERCA DEL AUTOR

Mario Escobar, licenciado en Historia y diplomado en Estudios Avanzados en la especialidad de Historia Moderna, ha escrito numerosos artículos y libros sobre la época de la Inquisición, la Iglesia Católica, la era de la Reforma Protestante y las sectas religiosas. Apasionado por la historia y sus enigmas ha estudiado en profundidad la historia de la iglesia, los distintos grupos sectarios que han luchado en su seno, y el descubrimiento y la colonización de las Américas

@EscobarGolderos y www.marioescobar.es

# CAMPO GITANO

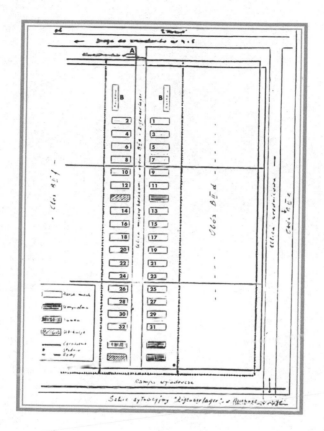

| | | |
|---|---|---|
| | A | Oficina del comandante del bloque |
| | B | Cocina |
| Barracas | 1 | Almacén de comida |
| Aseo | 2 | Oficina de organización laboral |
| Desinfectar las barracas | 3 | Almacén de ropa |
| Letrinas | 4 - 23, 25 | |
| Valla | 24, 26, 28, 30 | Hospital de prisioneros |
| Pozo | 27 | Barracas de niños |
| Zanja | 29 | Barracas de niños |
| | 32 | Laboratorio de Mengele |

# MAPA ORIGINAL DE BIRKENAU
## (AUSCHWITZ II)

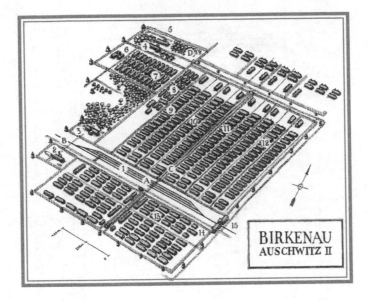